秋素春秾

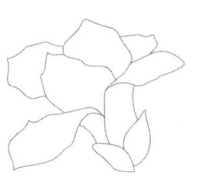

王路 著

海天出版社
HAITIAN PUBLISHING HOUSE
· 深圳 ·

图书在版编目（CIP）数据

秋素春秾 / 王路著 . — 深圳 : 海天出版社，
2022.7

ISBN 978-7-5507-3426-5

Ⅰ.①秋… Ⅱ.①王… Ⅲ.①散文集－中国－当代
Ⅳ.① I267

中国版本图书馆 CIP 数据核字 (2022) 第 030071 号

秋素春秾
QIUSU CHUNNONG

出 品 人　聂雄前
责任编辑　简　洁
责任校对　万妮霞
责任技编　郑　欢
封面设计　DarkSlayer

出版发行　海天出版社
地　　址　深圳市彩田南路海天综合大厦（518033）
网　　址　www.htph.com.cn
订购电话　0755-83460239（邮购、团购）
设计制作　深圳市龙瀚文化传播有限公司 0755-33133493
印　　刷　中华商务联合印刷（广东）有限公司
开　　本　889mm×1194mm　1/32
印　　张　8.5
字　　数　150 千字
版　　次　2022 年 7 月第 1 版
印　　次　2022 年 7 月第 1 次
定　　价　48.00 元

序

《秋素春秾》排好了版，编辑来问：序什么时候能给？

我想了会儿，问她：不要序行吗？

她说，最好有一个。

我又想了半天，只好说实话——书里的稿子，都是精挑细选的，经过很多删改。多写一个字，都怕拉低全书的水平。

我没有开玩笑。选进来的文章，原稿中有很多很好的段落，非常喜欢的段落，我也下了狠心，一个字一个字地删掉了。不是大段大段地删，也不是一个词一个词地删，是一个字一个字地删，甚至删了又加，加了又删。我有执念，逼着自己非删到96000字以下不可。既然那样狠心删过，再添上一两千字，我觉得对不住删掉的文字。

这之前，我出过四本随笔集，有了这本，那些我希望读者都不要再看了。虽然作者珍爱自己的每一本书，希望每一本都畅销、赚钱，但就像姑娘都希望自己修得最好没有死角的照片被大家记住，作者也一样，希望读者记住他最好的书。像父母爱每一个孩子，但总有最偏爱的。这本书，于我就是。

我擅长议论。但这本书，每一篇都是叙事。书中有些文章，原稿有大段议论，被读者视为金句的，我删掉七七八八，没剩什么了。剩下的，就是些事情。平凡无奇，又难以磨灭。

写这篇序的时候，大伯正迫近生命的终点。肺癌，脑梗。晚饭前，我给家里打电话，爸说他刚给二哥（大伯二儿子）通过电话，大伯好几天吃不进饭，就昨天喝了点粥，瘫在床上叹气："咋还不死呀！"

我想到爷爷在离世那年，住院的时候，四月上旬到中旬，也说过同样的话。后来爷爷又活了五个半月。那期间，父亲和大伯吵过架。爷爷躺在里屋一声不吭，我走到爷爷床前，他说，你大伯脾气太坏。父亲脾气也不好。保姆老太太说，姓王的脾气都坏。

爷爷过世后，父亲和大伯关系好了些。给爷爷烧完两周年没多久，大哥（大伯大儿子）打电话给父亲，说东关医院说，大伯的病可能有点严重，得到外面大医院检查。第二天，父亲开车把大伯拉到武汉，确诊肺癌。后来，大伯一家决定还是回来保守治疗，不手术。没过多久，新冠肺炎疫情暴发。

现在，父亲见大伯疼得厉害，说还有个办法，打杜冷丁。奶奶是胃癌去世的，是二十多年前了，那时候打过小半年杜冷丁，配安定。杜冷丁是父亲和大姑（比父亲小五岁，当时还在世）在东关医院托熟人吴大夫买的，奶奶住在乡下大伯家，大伯知道人打杜冷丁到最后会成什么样子。现在，问大伯打不打，他说不打。父亲又问吴大夫，吴大夫说，现在就是想打，也必须住院。父亲说，明天给他送一盒蛋白粉吧，总不能看着他吃不下饭。

爷爷去世前最后一年住在林栖园。老房子要拆，他死活不愿意搬，但搬不搬人家都要拆，又没人愿意租房子给一个九十多岁不能走的老人。爸妈实在没办法，说要不就买套房子吧，问我有没有钱。我工作五年，卡里有三十来万，转给家里二十五万，买了房子，小区叫"林栖园"。我想到张九龄的《感遇》："谁知林栖者，闻风坐相悦。草木有本心，何求美人折。"

幸好搬到林栖园，卧室装了空调，否则那年冬天爷爷都不一定能扛过去。爷爷离世后，火化，下葬，客人散后，我去林栖园看看没有爷爷的房间。当时，七岁的小堂弟虎头和他爸妈临时住那儿，虎头见我来，质问道："爷爷已经死了，你还来林栖园干吗？"

我抬眼，看到西边平房顶上晾晒的被子，心里难受起来。爷爷瘫在床上的几个月，一想解手，就撕开纸尿裤，尿到被子上。我搬个小板凳坐在旁边，盯着他什么时候解手。盯了两个小时他都没解，我起身上厕所，不到一分钟回来，见他已经尿床上了。我很崩溃，几乎忍不住要问他：你是不是故意的？

给他系尿袋，他不情愿，总是撕；给他戴上手套，他也能脱掉。我在很长时间里，不知道是没想到还是没下定决心去绑他的手。有一次我说：你怎么老撕尿裤，被子都尿湿完了。他一天尿湿两三床被子，也没工夫洗，只是晾，晾干继续盖。爷爷说：我柜子里恁多被子，咋不拿出来盖呀？

爷爷过世后，下葬，寿衣几件套里有床被子，阴阳先生没注意，其他人竟然也都没注意，等棺材钉上，才发现被子落在外面，父亲几乎要冲阴阳先生发脾气。我想到爷爷生前对我说的那句话：我柜子里恁多被子，咋不拿出来盖呀？

每念及此，悔恨不已。

聊可安慰的，是爷爷下葬后我回到林栖园，见桌上念佛机还在开着。虽然声音小，但佛号还在响着。

那年夏天，2017 年 8 月 6 日，我集了一副对联：

对酒当歌，臣之壮也；

遁世无闷，天何言哉。

我今后，不大想写散文了。我知道我的散文可以写得很好，但我不想有那么多可写的内容，尤其是故事发生在自己身上。我从前的书，每出一本，父母都要买些送给亲戚朋友，这一本，我也不希望他们再送。只希望陌生人读到，能觉得慰藉。

当初对大伯有些意见，现在没有了。爷爷生病的时候，大伯希望别送医院，住院的时候，他希望早点拉回家；他自己生病，也是这样，脑梗住院，半边身子动不了，咳出血来，还再三嚷着让我爸把他拉回家。

众生多苦。希望大伯，能多活一天是一天，也希望他受的罪，能少一点算一点。

末了，普愿众生，远离苦难！

王　路

2021 年 1 月 12 日晚上

目录

尘　世

有　情

行　客

光　阴

春　晖

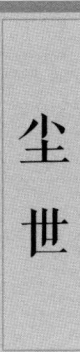

尘世

孙悟空、武松、和村上春树

凉风起天末，君子意如何？

这是杜甫写给李白的诗。可惜杜甫不能对着微信，点一下发送，然后隔了好多山和水的李白就顺着手机的声响，感受到老杜掏心掏肺的温暖。

可那又怎样呢。李白本来就是浪子。他可能根本就不在乎，隔了山山水水的地方，有个小他十一岁的人，依然在念叨他。

思念一个人，他又无从知道，这种情绪，就凝结成了诗。今天，一秒钟，"我想你"三个字可以穿越高山大海，到达地球上的任意角落。诗因此毁了。杜甫不会赤裸裸地告诉李白我想你，他只会说：天边的凉风生起了，我的君子，不知你现在怎么样。

张九龄知冷知热得多。无须手机，无须任何通信工具，张九龄就知道，在海上的明月生起时，有人和他一样，对着遥夜燃起相思。他踌躇着要把相思捧在手里赠给谁，却无从拾起。

不过，在北京这个燥热的夜晚，压根儿没有什么天末的凉风，也没有海上的明月，只有没完没了的蝉在鸣叫。鸣叫声里，我很焦虑，离职手续迟迟办不下来。我妈从我两周没更新的日志上，看出了端倪。她没直接问我，只是悄悄告诉我爸，我好久没更新了。

哪有心情更新，烦死了。

焦虑也不是没有好处，可以让自己明白自己很平庸，很衰。衰到遇见不顺心的事，依然抓狂、焦躁、愤怒。总之，一切该有的症状都不缺。不会因为平素多翻了些佛经，知道些禅师名号，就能抚平。

有一些病痛，也不全是坏事。像偏头痛、胃疼、失眠、梦魇，有一样，偶尔小小造访，挺好。会让你在活泛得要飞起的时候，"扑腾"来那么一下，跌在地上栽个跟头。于是明白，人生还是蛮多瑕疵和遗憾。

六道众生中，一种叫阿修罗。他神通广大，却不能不每天遭受痛苦侵袭。每顿最后一口，会化成青泥。我想，这是阿修罗的殊胜因缘吧。否则他就不如畜生离佛更近。畜生短寿，一头猪，一只狗，很快就寿终，若投生为人，还有机会听闻佛法。但阿修罗太长寿，又有神通，如果察觉不到缺憾，就永远不会懂得什么叫哀愍。

地铁里，有许多卖唱乞讨的人，地铁口，有脊背长着脓疮的乞丐。这是城市的缺憾，入口的青泥。阿修罗们都应该尝尝这青泥。阿修罗的转世，很容易堕入三恶道。就像某个一手遮天的人突然被带走，被通报，剩下六百块月租的豪宅对着珠江寂寞。

孙悟空其实是阿修罗来着。阿修罗生性好斗，很难调伏。《金刚经》里，释尊问须菩提：云何应住，云何降伏其心。问到了阿修罗的痛点。阿修罗心总摇动，不能安定。这叫掉举。对治的办法，除了修习奢摩他，还有头陀行。

武松，就是头陀打扮。武松和孙悟空有个共同点，都是行者。行者就是头陀。玄奘叫"杜多"。我私下会把村上春树也归入武松和孙悟空的行列。因为他是个跑步爱好者。孙悟空和武松也是。

跑步有个好处，可以把烦恼抖落，就像抖落衣服上沾染的灰尘。行者就是靠暴走来抖落烦恼的。在暴走的时候，旧的灰尘会抖落，新的灰尘会沾上。但只要你始终在暴走，就没有哪一粒灰尘会永远沾在你的袍子上，总有一天，袍子会破，带着最难跌落的灰尘一起离开。

烦恼也叫客尘，像灰尘一样的客人，寄居在你身上。头陀梵语里意思是抖擞，把烦恼抖落。通过永不停息地暴走，苦行，让狂躁的心随着肉体的疲惫，安息调伏。头陀是最苦的修行方式，以乞食为生，永远衣衫褴褛，常坐不卧。崔健歌里唱，我要从南走到北，还要从白走到黑。这是头陀唯一的工作。

地铁的电梯扶手上，布满了油垢尘泥。纵然有清洁工半夜擦拭，也近乎徒劳。只需早上头班地铁过去，每一寸扶手上又会重新蒙上油垢尘泥。不过，接下来数以万计的行客匆匆穿过，污垢似乎也不会再增加多少。就像一个人心里能装下的烦恼总有限，电梯扶手上能承载的尘垢也有限。

什么无限呢？潜藏在内心的恨和爱，像无底的深渊，无涯的大海。在无限爱与恨的侵蚀间，人慢慢老了。离开这个世界。暴走得不见踪影。

对孙悟空这种人，最好的生活方式就是让他一直暴走在取经的路上。哪怕有了筋斗云，还是无法逃脱一辈子暴走的命运。孙悟空刚从菩提祖师那儿学会筋斗云的时候，周围人都说，猴子这下可厉害了，可以找个好工作，去当铺兵了。铺兵就是快递小哥。明朝取消了马递，所有快递，都靠两条腿狂奔。

不知道孙悟空听到这种赞美会怎么想，但我会想起自己刚本科毕业的时候，在郑州一家民企干，工作是给出来走穴的老师端茶倒水。有个郑州八中的数学老师，刘正峰，一节课超过我们一个月的薪水。我向领导提议，说应该培养自己的师资队伍。同事笑了，说王路的理想是成为第二个刘正峰。

孙悟空后来果然成了铺兵——很称职的快递猴，把天竺的佛经运到中土。可我并没有成为第二个刘正峰，依然因为工资太低向领导提出了辞职。

有朋友写日志说，去年这时候，找不到好工作，也没考上博士，就复习再考。备考的日子枯燥，压力很大，于是开始跑步。每天四十分钟，七八公里，习惯后觉得还能跑，就加到五十分钟。五十分钟到了，心想不如凑足十公里，到了十公里，又干脆凑够一小时，就这样，一次次超过之前的纪录，跑了半程马拉松，又跑全程。

他说跑步是一件很奢侈的事，需要投入时间、精力、体力。他还想玩别的项目，游泳、骑行、摄影，但人生太有限，单跑步就够玩一辈子了，他说真搞不懂为什么那么多人会放弃生命。

我听了很赞叹。铆足劲儿去干一件事的人，往往值得赞叹。时间和功夫是硬通货，摆在这里，再说话就有底气。不需声张，力量就在。我受了他的鼓舞，也下了个跑步的 APP。但没有跑，因为不喜欢，只喜欢暴走。每天也能暴走十公里。

我在小区暴走，见一群小孩爬栏杆。我走到栏杆旁，奋力拍了两下。有个小孩跑来问我拍栏杆干吗，我说玩。我不能告诉他我在模仿辛弃疾。他还小，还没发育到能理解"栏杆拍遍，无人会、登临意"。但也许他知道"损坏公物要赔偿"，于是问得理直气壮。我忽然想，不知道辛弃疾拍的栏杆是不是公家的？

小孩毫不客气地问我几岁。我说二十六，他点了点头。旁边另一个小朋友说，明天去海腚玩，我说不是海腚，海没有腚，是海电——何矮，海；的一安，电。小朋友说：何矮海，的安电。我说不对，的一安电，的安是蛋。

这种对话让我觉得生活还是有意思的。虽然天末的凉风没有生起，北京的夜晚依然燥热，离职的手续依然让我狂躁，但沿着铺满灰尘的小路，暴走还可以继续。

单车修理是温柔的学问

　　广东人叫"单车"，北方人叫"自行车""车子"。其实北方人也叫单车，王维就写过"单车欲问边，属国过居延"，和"大漠孤烟直，长河落日圆"是同一首。但无法想象王维骑一辆破自行车，在大漠中狂奔。

　　想到这些，是因为我的单车坏了。北京已是深秋，下了班，天全黑了，我推着爆了胎的单车往家走。

　　小区保安是有学问的。我向他们请教，哪里有修单车的。我从书本上、工作中得来的所有知识，全不如在晚八点人声鼎沸的闹市找到一家单车修理铺来得急迫——如燥热夏日的一场急雨。

　　此刻，小区门口的保安，清扫大街的环卫工人，乃至从垃圾桶中翻出塑料瓶的拾荒者，都比我有学问。他们懂得如何扎扎实实在这个夜晚生存。

《围城》里褚慎明说，承蒙罗素不弃，向他请教过一些问题，其实罗素只是问他早餐吃什么。但不能说这些不重要，衣食住行就是学问。哪怕你读过许多书，拿了很高的学位，在这个晚上，搞不清楚这条街哪家馆子好吃，哪道菜是招牌，就算不上有学问。学问是日用常行。哪怕能引用一百句孔子，只要修不好单车，就得推着回家。

问了同一条街三个小区的保安。只有一位准确说出单车铺在哪儿，而且说了两处。同是在一条街混，有人对这条街了如指掌，有人一无所知。

循着指引找到了修车铺。是个女师傅，四十左右。路灯虽然明亮，但树影打下，看不清她的容颜。倒也遮住了她满手满身的油垢，远远看去，似乎也整洁素雅。她说，补胎三块。我有点儿惊奇。十多年前，我上高中，县城补胎就两三块。十年了，一碗牛肉面涨了起码五六倍吧，怎么修理单车还是这价。

也许是对我嫌便宜的报复，检查后，女师傅说内胎补不了，外胎也补不了，都得换。那就换呗，一共四十五。

她娴熟地把后轮挂上三脚架，抢起扳子卸螺丝。我说，我先去吃饭吧。她说不用，十分钟的事儿。

后轮左螺丝很倔强，她怎么拧都卸不下，只好把右螺丝又拧上，借劲儿。费这么大力气，刨掉材料，只挣一点钱，真的很辛苦。不过，我又觉得，干这种体力活令人兴奋。调动全身的力气，在熙攘往来的大街上挥舞，却不会有人感到异样。你汗流浃背，但不会想到烦心事，不劳损大脑、双眼和颈椎。靠力气吃饭，抡圆了膀子干活，挥洒得痛快。再看那些每天花几个小时上妆卸妆、神情慵懒愁苦、带着对生活的无尽厌倦感叹一身毛病的人，似乎能明白乐与苦的分际。

我问女师傅，修单车多少年了。她说十年。十年前，这里还没有繁盛的灯火，谁那时候在这儿买地，就暴发了。十年前，她在另一个地方修车，后来搬到这里，干同样的活儿，挣同样的钱。烧饼从五毛一个变成四块一个，她补一条车胎还是三块。岁月日复一日从树影中泻下，流走，像昏黄的街灯洒在充满油渍和泥污的地面。

换完内外胎，拧上螺丝。我很担心在黯淡的光线下，会不会有零件遗落在地，沿着柏油马路滚走。那样的话，它就不能再驮着我迎接朝阳奔跑在望京的大道上。我低头看，看不清。她看出了我的疑虑，又抡起扳子把两段螺丝拧得更紧。这样，下一个单车修理工就会在异时异地也需要拧紧另一侧的螺丝，才能卸下来。这是两个师傅之间的较量。

十年前的深秋，有个女生，伏在教学楼栏杆上哭。她的单车丢了。是辆新单车，花了三百块。她伤心了好几天。十年后，她开着好车上班，在堵车的路上发朋友圈抱怨交通，电话里和男友怄气。她不会再因为丢一辆单车伤心了吧？

　　而女师傅依然如同十年前，在马路边的树荫下，抡起扳子去拧一个又一个螺丝。我看了时间，果然只有十分钟。这十分钟静谧得有如十年般漫长。而我追忆十年的过往，又有如十分钟一样匆忙。

大雪、暴走、和世间

天冷了，不能再骑车。上下班只靠两条腿，十公里。人瘦，书包总从双肩滑落。走在夜幕中，觉得自己像放学回家的小学生。北风吹在河边枯柳上，路漫长无际。但我不着急。我知道旅程的尽头会有一场晚餐在。

刚来北京那年，去了家事业单位。临行，广州的同学嘱咐下了雪拍照寄给他。那个冬天一直没雪，唯独一个夜晚，飘下零零碎碎的雪花，落地就化了。等到年关，依然只有干冽的寒冷。我怕辜负同学，又怕他担心我忘了，去气象网截了两个月的天气，想发给他，又觉得太刻意，就发在微博上，也不知他看到没有。

第二年春天，快三月了，天已经转暖，雪是不会再下了。周末，去西山植物园，随手拍了几张没有抽芽的花枝，寄给他。照片寄出当晚，就下了大雪，纷纷扬扬，飘飘洒洒，漫天漫地。原来藏了一个冬天的云并没有走。你才放弃了最后一丝期望，它却翩然而来。

我离开那家事业单位快半年了，手续还没有尘埃落定。最开始，很焦心，写过一篇《孙悟空、武松，和村上春树》。这么久过去，烦恼虽没有消解，滋味却变了。每周打电话给人事办的姐姐，倒像例行问候。在一次次问候中，事情在一点点往前走，像漫长的路总会有尽头。

时间久了，烦恼就不再像烦恼，更像企盼、惦念。惦念着还有些事要操心。等无需操心，人生的一段就到了终点。夏天离开，前同事都说，一定常回来啊。我说肯定的，手续还没办完呢。

等哪天真办完，就不会没事再往那边跑了。可是，又能有什么事呢？况且北京这么大。同事们也都渐渐结了婚。

一位前同事结婚，不太想去。其实关系何止前同事，还是前室友。来北京，第一次租房就在一起，一起去北海划船，去护国寺吃驴肉火烧。但时间长了，还是渐渐剩下客套的招呼。从最早三个人一起去旧货市场买锅碗瓢盆、去菜市场称肉拣鸡蛋，撅着屁股骂对方不刷锅，到后来客客气气见面点头又各自关上房门，除了交水电费很少坐下来撸串闲扯，也就一两年的事儿。也许是因为，他跟女友恋爱同居了吧。

他打来电话，看到号码就猜到是要结婚了。既然都打电话了，就去吧。从望京跑到石景山。席也简单，就一桌，聊请同事。他说，那么多同事，我为什么没叫别人，只叫你们几个，因为咱们关系特殊——你现在是主笔，一定要写一篇，把今儿晚上这桌人都写进去。说着举杯。因为太远，我得早走，他送我出来，在门口说，真没想到你能来，坐地铁得俩小时吧？要是你结婚，我可能都不会跑这么远。

后来，又回去办手续，没太声张，只告诉另一位前室友。在食堂吃面，被隔着两张桌子的新婚前室友看见，骂我：回来都不说一声？过了会儿，另一位前室友来了，他装出更生气的样子：跟他说都不跟我说？

离职前找人事办领导签字，很难见到人。他管着三千多号人事关系。在焦心中挨过好几个星期，实在等不及，越级给更高层领导发了短信，又跑到办公室门口堵，大领导点了头，终于可以约到人事办主任了。他挽留几句后签了字，祝我有更好的发展。

后来各部门签字，人多事烦，折腾了几个月，每周从望京跑回八宝山。轮到签字，才知道原单位的庞杂。连精神文明办都要签。好像是搞计划生育的？因为单身，在单位待了三年，没去过精神文明办。签到最后，是工会。打电话去，问该找哪位领导，一个陌生男中音让我直接去，去了发现，竟然是之前的人事办主任。原来他已调离人事办，来到工会。签字单的第一栏是他，最后一栏还是他。第一个字签了一个多月，第二个一分钟都不到。他的精神气色比以前更好了。管人事时很难找，现在听说很容易在健身房碰到他，一起打乒乓球。

漫长的离职让我学到的东西比入职三年都多。三年里没有机会接触的人和事，离职才有机会接触。三年前，因为一位领导赏识，我入职那家单位，到离职才有机会和他做一次短暂的面谈。那天早上给他发短信，他一直没回，我几番打开手机斟酌发出的消息是否有言辞上的不妥，也因此无法安心做别的事，直到傍晚，收到他的回复，说正在医院。

北京的雪还没有落，但快了。七月的时候，因为心焦，每天在眼科医院暴走十公里，看计步器的数字一点点增加，有种不知从何而来的成就感。当时希冀这个数字到明年夏天涨到五千公里。九月手机坏掉，数字变成了零。三年前和两位室友在北海划船的照片也没有了。那些保留着往日友情的印迹就此消失。不过，并不是因为友谊的淡去，友谊也许早就淡去，只是印迹还在。而印迹的消失，是因为手机偶然坏掉。

万事如此。我又回到眼科医院，不是暴走，也不是追忆，是检查眼睛。如今每天晚上，我裹紧帽子在北风里前行，是为了回家。我不再记录走了多远。记下的只是数字，无论数字如何，该走的路都得走。无论一片云何时离开天空飞向大地，该来的雪迟早会来。

我给小姐扇扇子

　　传媒大学地铁站 C 出口的天桥上，常年蹲着一位老乞丐，穿一身旧得不成样子的中山装，从没换过。是个盲人，带把破二胡，不太拉，搁在腿边。面前放只奶粉罐，行人偶尔丢钱进去，也不多。他有时候自说自话，是河南话。

　　我亲眼看见，他站在天桥上往下撒尿。厕所不远，下天桥就是。他行动不便，或者懒得动，就伏在栏杆上尿，下面是一排自行车。有一回，我经过，听见有人问他怎么不去敬老院。他说，我想去，俺侄儿不叫我去。

　　雾霾爆表的日子，他也在，没有口罩。闲了把手伸到衣服里，掏出东西往嘴里填。这两天特别冷，他还在，穿的还是那一身。我穿单褂的时候他穿中山装，我穿羽绒服的时候他还是中山装，大概里面夹了破袄，脚上踩的破皮鞋。风大，我掏出钱，怕刮走，塞到他手里，说拿好，别刮走了。

他说，谢谢。

天桥对面是传媒大学。崔永元没开面馆的时候，可以随便进。开了面馆，去的人多了，就要查证，我也不好混进去了。能进的时候，常去散步。倒不是看美女，看了徒增烦恼，还是不看好。但深秋的一片银杏，让人难舍。层层铺在地上，美得伤感凄凉。那段路不长，西头斜对小凉亭，东头是幼儿园。

下午刚过四点，幼儿园门口就挤满老头儿老太太，来接孩子的。没年轻人。年轻人都忙着上班儿吧。得挣奶粉钱。天冷，老人穿着皮夹克，戴着皮帽，探头往里望。放学是四点四十。

我在公告栏前驻留，看小朋友的活动照片和食谱：星期一早餐葱花蛋饼、二米粥、鲜牛奶；午餐米饭、红烧肉、粉条白菜炖豆腐、棒骨海带汤；午点红富士苹果；晚餐金银小馒头、鱼香肉丝、紫米粥。每天不重样，星期二有油焖大虾，星期三有糖醋小排骨，星期四有红烧鸡翅中和葡萄柚，星期五有胡萝卜土豆烧牛肉和蒸红薯。每星期换。别问我怎么记这么清，手机拍了照，不是编的。

我小时候，没上过这么好的幼儿园。我们县现在，也没这么好的幼儿园吧？我上幼儿园的时候，有个小女孩拿了五分钱，让我跟在她后面念："我给小姐扇扇子，扇了一年又一年，小姐给我一分钱，看我可怜不可怜。"是不是她说，只要念得好，她就会给我一分钱？记不太清了。她还不许停在那里，要在幼儿园里来回绕圈，边走边念。和尚念经似的。念了一下午，也没给我一分钱。由此知道，有些女孩是会骗人的，还知道，挣钱不容易。

当时，父亲在百货公司，脾气大，跟领导处不来，被赶去看大门。我两三岁，也跟着看大门。大冬天的夜里，在门岗上，披着大衣，裹着被子，父亲教我背诗，给我讲故事，还给我"制造橘子汁"——把橘子捏碎了，挤到搪瓷茶缸里，兑点儿热水，就和商场卖的橘子汁儿一模一样了。很多年后，我读梵高的信，他买不起调色盘，用茶盘代替，买不起七十色的颜料，用三原色兑了黑白来配，觉得比卖的好很多呢。

再后来，百货公司垮了。听说垮的时候，领导用架子车把仓库里的东西，一车一车往家拉。领导姓熊，比我父亲年长不多。他让我印象深刻的是，有阵子哪个在外面当大官的谁的弟弟回来了，他每天泡了康师傅方便面送到那人家里。现在的孩子不会知道，当时康师傅是怎样的奢侈品。他端着方便面经过爷爷家门口，看着我们说，你们没俺吃得快。爷爷说，你们没俺能吃。后来，送方便面和吃方便面的人都死了，死的时候都蛮年轻。

再后来，我隐约了解到，父亲被百货公司派去看大门，主要还不是因为脾气大，是因为没给领导送礼吧。其实，父亲本来要送，跟爷爷商量，被爷爷痛骂一顿，就没送。爷爷是曾经被打成右派的老同志，对，老同志，不是老干部。爷爷骂他"翻惊"，"翻惊"是河南话，瞎胡搞的意思吧，乡下叫"胡球怼"，爷爷是半个知识分子，措辞没那么粗鲁。

百货公司垮掉后，父亲承包了门市部，做生意。承包当然需要钱，找爷爷借，爷爷不给，说又是"翻惊"。后来找别人借，好像也找大姑借了吧，总算开起来了。但人家都说，钱是爷爷给的——不然，他哪儿来的钱呢？

刚做生意，有次父母出差进货，被黑车连人带货扔到明港。他们不知道从哪儿借了破自行车，用皮带捆住货物，冒着风雪推回家。这些事儿，他们从没跟我说过。是一次父亲朋友来家喝酒，讲出来的。

手机与伤逝

　　春节时偶然想，手机用了三年多，也差不多该换了。旧手机没毛病，除了空间不够，别的都好。我想，等不好用了再换吧。

　　没多久，就不好用了。回人微信，半天按不出字，按的a，出来的m。跑去苹果店，人家说，这手机就值五百，修的话，要换主板，得两千六。废然而返。又过了两天，实在不行，只好买了新的。

　　新手机大小、颜色，都和旧手机一样，外观也几乎没区别。到货后，只花二十分钟，资料就全转过来了。

　　准备按下关机，把旧手机丢到废物箱的时候，突然有一点不舍。毕竟在手里摩挲过三年，手机套都成了皮肤色。我点了取消，把熟悉的APP点开，最后看了一遍。

　　感谢它这样与我告别。假如是突然坏掉或者丢失，很多资料会不见。几年前手机坏掉，在北海的照片丢失，也没觉得怎样可惜。世间要丢失的东西可多了呢，照片又算什么。不过，总归还是不要丢失的好。手机循序渐进地坏，终于让我做好迎接它告别的准备。

假如没有衰老，生死之间就没有平缓的过度。正当盛年的人猝死，对周围人打击是很大的。但随着年齿增长，鬓角添了白发，额头铺满皱纹，身上慢慢有了惹人嫌弃的秽臭，吃饭越来越难，神志越来越不清，在日复一日的衰老中，别人也就慢慢学会接受甚至开始期待他的离开。

这是慈悲呀。

如同江水奔流昼夜不息，生灭之间，原本没有清晰的界限。

晚上，一个人去饭店。很久没这样了。学生时代，兼职挣了钱，会一个人到饭店吃一顿，犒赏自己。第一年考研失败后，上了两个月班，每月工资一千六。在陌生的城市，下了班，心情空荡荡的，就到公司对面的大饭店，只点一碗西红柿鸡蛋面，占一张大圆桌。公司要求员工每天写日志谈感想，工作方面我没什么感想，就把这写进去，惹得大家都看。

后来，不大这么干了。钱倒花不了多少，不过是一个菜，一碗米饭。但一人占张大桌，还是蛮奢侈。如果辛苦劳作，偶尔犒赏自己倒也还好。我这样安逸，不该再在吃上挑剔呀。那时候穷，辛苦，顾影自怜，所以吃点好的；现在不穷了，随便吃点就行了。

大概因为换了手机，想排遣一下告别的情绪，或者因为勉力学习了一小时，就吃顿好的吧。

小时候过生日，父母买来朱古力夹心饼干，让我背诗。背会一首，奖励一块。背完吃奖励，我说，这不是一块，是两块，看——从夹心处掰开，一块变成了两块。我舍不得。

那时候，饼干是奢侈的，背诗是容易的。现在反过来了。宁愿放弃一堆饼干去换记住一个单词，可惜换不来的。

少年为学，是容易的。中年为学，是难得的。暮年为学，是奢侈的。新手机到手，什么都想下载安装。慢慢地，没有空间了，能删的，就删了。不删的，也很少再翻出来看。偶尔翻出，面对东飘西荡的种种印记，情绪又泛滥决堤，难以收拾。

备份还原的新手机，看起来和旧手机一模一样。利索得像没坏之前的旧手机，于是想：到底哪个才是我熟悉的手机？

就像一个人老了，病了，有人记忆中，还是他年轻时候的样子。那么，是躺在病榻上奄奄一息不再认人的那个是他？还是遗照上慈祥安然音容宛在的那个是他？

如果代表一个人的，不是速朽的色身，而是关乎他永不褪色的记忆，那么，我们的生命被分散储存在无数角落了：淘宝多年的订单，微信各个联系人的聊天记录，朋友圈里关乎你的许多照片……

假如你曾在平安夜送过某人一个苹果，这份记忆不仅你有，得到苹果的那人也有。你曾在雨夜为谁撑开一把伞，不仅你记得，她也记得。一切属于你的记忆不仅属于你，也属于世间种种有情。一半蕴集在你这里，一半分散飘荡在世间种种角落，不知流向哪里。

当某天，雨点轻敲你窗，当风声吹乱你构想，当你化作云烟不再在这世界上，世间某些看不见的角落，依然有你曾经来过的印迹。

那么，在你离开后，能否靠那些碎片拼接出一个像从前一样笑得灿烂的你？或像从前一样忧郁伤心的你？

《天龙八部》里，阿朱装扮成白世镜，容颜没有任何破绽。可是一开口，马夫人就知道不对。

即便两款手机看起来一模一样，仍然会有一些东西消失了，不复存在。那是极细微的地方，可一个人之所以是他，就在那极细微的地方。

当手指滑过屏幕，从前轻微的卡顿消失了。伴随着卡顿既熟悉又讨厌的情绪也不可能再有。打开聊天框，输入首字母缩略，从前总是跳在最醒目位置的词，这次没有出现。

　　新来了一个人，长得和你的所爱一模一样，只是从不跟你吵架拌嘴，惟命是从，从不耍小性子，可你会爱她吗？

　　这时，你也许会重新理解马夫人的话：天上的月亮又白又圆。而假装成白世镜的阿朱并不能懂得那意思。

　　一个缺失了臂膀的人，在瑕疵无限的世间，如果还能活下去，总有人会是他的臂膀。盲了双眼的人，能活下去不是因为她坚强，是因为有人愿做她的眼睛。如果臂膀、眼睛，一切都可替换，她的忧愁与恐惧、眷恋与矜持，将依于何事而留存？美人迟暮的哀伤，花落逢君的惆怅，一切令人欣慰、眷恋、惋惜的情愫，又将飘散在哪里。

入尘世中

　　毕业后参加工作，入职前有个军训。四十多人被拉到北京郊区妙峰山，全封闭训了半个月。早忘了部队番号，只记得教官是个胖子，又高又壮。同事里，有个高挑的姑娘，据说舞跳得不错。究竟怎么个不错，谁也没见过。也许是教官聊天聊出来的，就在休息时劝她：给大家跳一个吧！

　　姑娘不跳。

　　不要紧，反正军训半个月。那是八月，每一天都漫长。上午不跳，下午再劝。今天不跳，明天还劝。教官虽然严厉，倒也不命令她。

　　一天，下了暴雨，改到室内训。站完军姿休息，教官继续劝：给大家跳个嘛！姑娘不跳。教官早习惯了，漫不经心说，过几天，你们就走了。

　　姑娘居然答应了。人群立刻起哄。姑娘起身走到前面，要跳了。教官却转过身子，面朝窗外，两手挂着栏杆。雨下个不停，姑娘从头跳到尾，教官都没有回身看一眼。

我在传媒大学吃食堂，从去年吃到今年。去年常吃两家：一家水煮肉片，一家麻辣香锅。水煮肉片在四楼，麻辣香锅在一楼。去得勤，水煮肉片的姑娘认得我了。每次去，她主动问：肉片少辣？我点头。又问：来点儿餐巾纸？我笑。似乎只有我才每次特意要餐巾纸。

春节前，我又去。她说，肉片没有了，只剩肥牛，过两天就关门了。我问，节后啥时候开？她说二月底，不过，她又说，她要三月才回来。

她给我打了一份肥牛，有两份的量。

节后，我回北京更晚，学校早已开学多时。我依然去食堂，依然要水煮肉片。姑娘还在，她说：今年辣椒换了，比去年更辣。我说：那就少来点儿。

吃完回家，肚子疼。也许在老家吃惯了清淡的。也许是辣椒和油放多了。也许是我肠胃太脆弱。

接下来几天，我都没去。后来呢，就有点儿不好意思去了。因为她认得我，我也就不好意思在她家隔壁窗口吃味千拉面。干脆很少上四楼了。偶尔去，也躲在远远的角落。怕她看见。

一楼麻辣香锅我也吃过很多回。过秤的姑娘肯定也认得我。但每次选完菜递给她，她都要问：微辣？我都纠正说：酱香。偶尔，她会想起我要酱香。但到第二天，她就又问：微辣？

因此，纵然长久不去，下次再去也不会不好意思。

两年前，我住望京。有家水饺店，我每天晚上去吃。进店，吧台姑娘就替我点：还是素三鲜饺子、西芹牛肉、酸梅汤？

有时候我也想尝尝别的，但好像那就辜负了人家对我的印象，人家是要透露记得你、熟悉你，你反倒要告诉人家，不，你并不熟悉我。我不忍心，于是日复一日吃同样的菜。

好在，素三鲜饺子搭配西芹牛肉和酸梅汤，对北京的夏天来说，也是不错的选择。吃这一餐的时候，常伴随着店里的音乐：

"在漫天风沙里，望着你远去，我竟悲伤得不能自已……"

夏天要结束的时候，我从望京搬走了。搬走前不久的一天，刚从饺子店出来，暮色降临。凑巧碰见一位同事经过。我很高兴，用力拍拍他的肩膀，却不知要说什么。两人点点头，转身离去。

很快，我离职了。离职的下午，买了几瓶汽水分送同事。第二天，见他值夜班时发的朋友圈，是我清空的工位和送他的汽水。

后来，他离职去浸会大学读书了。他常在朋友圈发香港的暮色和夜景，定位是"吴多泰博士国际中心"。于是，我常误以为自己对吴多泰很熟悉，就像饺子店的姑娘误以为对我很熟悉。

如今，我坐在周围没人熟悉我，也没人误以为熟悉我的地方，要了碗米线，作为晚餐。米线端上的时候，汤里落了只小飞虫。我用筷子另一头把它挑出，已经死了。不知是烫死的，还是淹死的。但愿是淹死的吧，因为烫死会很疼。这时我想，会诵往生咒是有些好处的。

麻烦老师挂上我的文章，谢谢

受凤凰网邀请，在武当山参加"致敬国学"论坛，顺便爬了一回山。爬完山，别人去参加筵席了，我一个人在武当大学堂吃饭，突然想到，离开凤凰已经两年了。两年前的同事，也大都去了别处，不再联系。虽然有时候会想起，但有什么联系的必要呢。人就像落叶一样，偶然相逢，随缘别离。

在凤凰时，我每周发两篇文章。一般是晚上七点。每到七点左右，我就在编辑群里说："麻烦老师挂上我的文章，谢谢。"有时候，是在望京凯德茂吃饭时打出；有时候，是在东湖渠华彩；有时出去跟朋友吃饭，正吃着，突然想起来：噢，今天要发文章，赶紧在群里发出。值班老师就会回个"收"，或者"s"。除此之外，我在群里不说话。

两年，不知道说了多少遍"麻烦老师挂上我的文章，谢谢"。现在想，觉得像行为艺术。两年的除夕夜，我都写了文章，请值班老师挂，领导说，王路真是在用生命写作。

这次在武当，有位年轻道士教我们打太极，意气风发。可是我不喜欢。什么第八套广播体操、军体拳、徒手操、太极拳，我都没兴趣。一直想，怎么还不结束。

我不是好学生。但由此反观，我也跟他一样。我对佛教感兴趣，对毗昙感兴趣，特别想把那些讲给别人。花了很多精力，听众寥寥，写成文章，也没人看。

在凤凰时，亲眼见编辑想破头挖掘内容，但搞来搞去，流量还是不行，还是败给算法，败给三俗。

世间诸事，大率类此。也不能强求了。我的读者，取消关注的越来越多。我理解他们，尤其是在打太极的时候。

聚散都是缘分。昨天下午，我爬到玄帝殿，从后门出来，一个背包小伙子问我要不要去乌鸦岭，我都不知道他是游客还是做生意的，踌躇之间，来了对情侣，他说我们结伴吧，前面路上有蛇。因为蛇，四人结伴行了一段。

那条自始至终没遇见的蛇，可算是我们的善知识。因为它，四人在一段旅程中，有过片刻的同行。虽然也没聊什么，但感觉还可以。很快，情侣和背包小伙要往不同方向，我想坐下歇歇，就散了。不久，小伙逛回来，我打了声招呼，让他先走了。

一生中的同伴也是这样。在某个时间点觉得某个集体很温暖，与某人亲密无间，可走下去，还是要分离的。分离也没什么不好，不过是世间真实罢了。

我没走到山顶。时间来不及了。而且，以前也去过。是祖父过世后和父母来过一次，十一个月之前。这次，过了黄龙洞，未到天宫圣水时，在一个根本不是歇脚的地方，无名的台阶上下之间，我想，就到这儿吧，哪里不是金顶呢。抬眼，一旁岩石上，镌着四个字：壁立万仞。

可不是吗，无欲则刚。小时候语文课，学什么"不达目的誓不罢休""别人能做到的事，我也一定能"。为什么会有这想法？万有不齐，别人能做到，我就做不到，那又怎样。

我能做到的，别人也做不到。比如，我走到这里，体力尚可支，就折返了。所以，我不会像王安石那样写，"有志与力，而又不随以怠，至于幽暗昏惑而无物以相之，亦不能至也"。武当山那么多游客，有谁恰好跟我一样是在这里回头呢。苦海回头处，哪里不是金顶。

我立在那级再普通不过的台阶上，诵了一遍《阿弥陀经》。返回时，已四下无人，忽然见一挑夫，肩着重担，拄着杖，因体力不支而歇息。

你知道他怎么休息吗？就站在那里，扛着担子休息。担子一头放在台阶上，另一头，肩扛着，杖支着扁担，分一点力。担子不能卸，卸下来，就扛不动了。

他真是菩萨呀。三界流转的众生，不都如此吗？须臾不曾离开诸苦之重担。歇了片刻，他又朝上迈起步子。

但愿一切有情，来世不必如此辛苦。

夏至随想

洗菜，一瓣瓣撕下叶子，泡在盆里，撕到最后，见一只苍蝇，闷死在里面。恶心着了。可还是把剩下的菜叶撕完，冲了又冲。

饭菜上桌时，分辨不出到底哪一片叶子是邻近死苍蝇的。每一片都有嫌疑，又都看起来无辜。就像大街上，行走着一张张无辜的面庞，并不清楚他们的生活中有没有青菜叶包裹的死苍蝇。

想来，是一定有的吧。从前在食堂吃饭，卫生条件总是比在家做差一些的。那么，比这更恶心的，恐怕还有不少呢。只是看不到，也就算了。

大约是六年前的事了吧。舅舅带舅妈来北京看病，在丰台区某个医院。我下了班，趿拉着拖鞋坐地铁从八宝山去看望，医院门口买了几根香蕉，有没有买蛋糕我也忘了，总之，找到他们住的破旅馆，也到了该吃晚饭的时候。

我要请他们吃饭，虽然那时候很穷，工资很低，可毕竟是地主。他们看病是要花很多钱的。舅舅不让我请，因为他是长辈，他们带我找了个吃饭的地方，临街一家苍蝇馆子。我要的炒粉还是炒面，记不清了，印象深刻的是，吃到了什么，有点硬，但不像沙子那样硌牙，我小心吐到纸上，忍不住用食指捻起，看了看，又捏了捏，很怀疑是块手指甲。

这吐与捻，我都很小心，怕舅舅舅妈看到。我心里极度不平和，但表面很平和。我努力想看得更仔细些，证明那并不是指甲，或者哪怕证实就是指甲也好，但不方便。我不能让舅舅舅妈看出，他们请我吃的炒粉里有指甲。我悄悄用廉价纸巾裹了丢到一边，忍着恶心把剩下的半盘吃完。

如果不是那件小事，我几乎要忘了去过丰台区某医院，毕竟，连医院的名字也早记不得了。那次探望，我给舅舅留下的印象是，"上班了还这么不讲究，穿着大裤衩和拖鞋就出来了"。

舅妈过世快三年了。似乎就是去医院探望他们后不久，我辞职了，跳槽到凤凰网。我差点错过凤凰网的机会。凤凰网在望京，我住八宝山，从西五环到东北五环。周五晚上，我答应了周一去面试，可等到周一中午吃过饭，我突然就想继续睡我的午觉，不想再跑那么远——之前也面试过两三家，都不甚满意，感觉跑也是白跑。累了已经。

不过，也许是贫穷激发的动力，也许是不愿让从未谋面的人觉得我言而无信，我躺在床上发了条短信，问待遇怎样。如果他说的令我不甚满意，就有理由不去了，也不用担言而无信的名。他说，得自己谈。于是我还是去了。倒了两个小时的公交加地铁，到了，我问有没有水，他在自动售货机给我买了，我给钱，他无论如何不要。我问，你是 HR（人力资源）吗，他说不是。入职后知道，他是我的直接领导。

面试不到十分钟就结束了。他说，还要等领导面——他的领导。我就在凤凰网十五层傻等到下班。在面试那间小会议室里，我往窗外望去，一片荒凉。心想，这就是个不毛之地呀。后来才知道，望京还算蛮繁华。要不是下班时我提醒了一句，领导差点儿忘了。二面也不过几分钟，就见 HR 了。

我还记得那天穿的 T 恤，正面把埃菲尔铁塔印成人形，上面安放一颗头颅。我现在不会再穿那种 T 恤了。没过几天，凤凰网打来电话，给我 offer（录取通知），税前八千，感觉略失望，比跟领导谈的低，谈的期望一万二，领导说，加班的编辑基本都能到手一万，你不用加班，可以定高一点吧。因为加班的主要挣加班费，我没有加班费。结果 HR 告诉我八千，我也不知道该怎么说，不过，那已经比我原单位的工资两倍还高了。HR 大概觉得压得有点低，就说，如果你觉得低，还可以考虑再给你涨一千。过不几分钟，她就又打电话说决定给我涨到九千。我没有不接受的理由。

是不是那天晚上？总之，就在我拿到 offer 前后的那几天晚上，夏夜，下着雨，我在眼科医院走廊下乘凉，避雨，觉得未来可期。眼科医院我记得唐由之，似乎院里有他的塑像吧。他的名字总教我想起鲁迅的"花开花落两由之"。

我在望京只住了两年，中间搬过一次家。但总感觉关于望京有很多回忆，摇曳生姿，可能因为我把从凯德茂到华彩到望京 SOHO 一带该吃的都吃遍了？可能因为我在当时打了人生第一场官司？我还办过施耐德的饭卡，还有个叫锐创还是什么的饭卡。似乎卡上的钱还没花完？

总之，在现在住处的四年，感觉略沉寂了些。伴随着沉寂的，是写文章时血脉渐渐没有那么偾张：一方面，因为比以前更宽裕了；另一方面，年纪更大了。

四年前的夏至，我写了首诗。那时候，受一个朋友的忽悠，其实人家不是忽悠，只是我太容易把虚无缥缈的东西当成机会而心动——这也是年轻的证据之一吧。我现在有时也还这样，可见现在也还有一些"年轻"在身吧。

朋友做出版，我说，我要的条件高。他说，钱不是问题，只要稿子好。我兴奋了，整了些旧稿，要写一本唐诗的书。顺带着，就把多年不作的旧诗拾起来。那年夏至，晚上沿着北小河溜达，吟成几句：

慵眠逢夏至，草色绿罗裙。旨酒当窗抚，停云向晚醺。隔篱风款款，入郭雨殷殷。宵漏从今永，思君不见君。

不是写实，是文艺青年的无聊吧。哪有什么"旨酒当窗抚"，我那时候虽然偶尔也饮酒，不过是在华彩的萨莉亚要一瓶十块钱的朝日。吃素的两个多月常在那儿吃水果比萨，后来胖了，又想吃肉了，也就不太去那儿了。跟人合租，小阳台朝西，夏天的下午，能把人晒死。所谓"旨酒当窗抚，停云向晚醺"，不过是想象。"宵漏"与"思君"更不用说了。倒是另一首《夏日即景》还算写实：

溽风捐院宇，暑气涨低昂。曦赫成深锁，霏微荐晚凉。齐街辉串景，越女短裙妆。伫久猿心动，鞋高藕腿长。

"辉串景"那条街，现在查了下，叫河荫中路，要是不查，也忘了。我有几次一个人去那里的胡大吃毛豆。吃一个晚上。

后来，那位出版界公子告诉我，提的条件还是太高了，没法做。我一下泄气了，书稿也就烂尾到现在。后来也不像那个夏天频繁吟诗了。

但依然记得，当时有一阵儿常诵唐寅的《落花诗》，诵得太熟以至脑子里不停出现，让我觉得必须戒除了。我并没有背下来。所以，经年之后，早以为像忘记"河荫中路"那样忘记了。然而还是在看到菜叶里裹着的死苍蝇时，恶心过后，忽然想到"逐臭夫"。许久，觉得似乎在哪里听过这词，再想，是了，"堕溷翻成逐臭夫"。是唐寅唐六如啊。然而全诗已经没法一下子想起来，忍不住去搜，看见第一句，往日的情绪瞬间翻腾上来，像夏日的疾雨：

> 春风百五尽须臾，花事飘零剩有无。新酒快倾杯上绿，衰颜已改镜中朱。绝缨不见偷香掾，堕溷翻成逐臭夫。身渐衰颓类如此，树和泪眼合同枯。

每年清明，总会想到在西山植物园看到的一块石头，上面刷着苏轼的诗：

> 梨花淡白柳深青，柳絮飞时花满城。惆怅东栏一株雪，人生看得几清明。

当年打官司，去朝阳法院，在门口拍照发了朋友圈。配的这首诗。后来官司赢了。现在有三年不发朋友圈了。然而每年，柳絮一飞起，就不能不想起这诗。

像梦魇，年复一年重来。

这是轮回吧，是谁设下的诅咒？于是生生世世，在欲海翻腾挣扎。在看见苍蝇尸体感到恶心的瞬间，都忘记了它也是众生。如同忘记了这种可能——也许在来世，自己也因为宿世的逐臭，化作苍蝇，死在绿叶障蔽的青菜中。

我的找工作经历

　　十年前，在中山大学岭南堂陈荣捷讲学厅，香港渣打银行开宣讲会，岭院、管院，还有一些其他学院的应届毕业生都西装革履涌来了。我穿着便服有点小扎眼。美女招聘人员开场就说，"我们招的都是千里挑一的人才"。我扭头看了一眼韬，扬扬脖子，两人撂门就走。

　　南方的天渐渐有些凉意了。皮裤毛裤都快套上了，有的"面霸"捏了七八十来个 offer，还要一轮轮面。我和韬都还一个 offer 没有，有点发毛。一天，来了个北京的单位宣讲，很奇怪，去的人很少。我混进去，见她们根本不像招聘人员，一个人简单讲了几句，说这是王处长。然后女处长讲。讲的内容全记不清了，只记得一句：我们单位不分房子。以为这就是大领导了，谁知她说，明天人事办主任来，你们如果接到通知，一定要认真点儿。

当晚，接到了电话。第二天午饭后，我换了正装，对着镜子精心拍掉头皮屑，去了费孝通题词的人类学系，好像就业指导中心就在那儿吧。人事办主任把我们一顿痛骂。没什么缘故，他也不生气，问了一大堆我们不会的问题：高速开120码紧急刹车停下来要滑行多远之类的。然后就骂："你们个个都是草包""啃老""缺乏责任感"，等等。骂完，挨个儿站起来谈体会。轮到我，我说，学到很多，非常受益。最后，主任说，给你们offer，你们愿意来吗？都说绝对愿意。主任又说："工资低干不干？""干！""一月两千干不干？"我右边的同学站起来昂头说："不可能！"

主任走后，等了几周，到了说好给通知的时间，没接到电话。又过两周，还没接到。有点怅然。感觉自己表现还可以的。占了一卦，爻辞是，"来徐徐，困于金车"，很高兴。表示offer来得慢，最终还是会有的。

果然，又耗过两周，接到电话，让去北京实习。果断飞去了。谁能想到，这么大的单位，机票居然不报。住在北科大的高中同学宿舍，第二天上午，去物美买了真维斯羽绒服，三百好像，下午搭公交去八宝山踩点儿。第二天报到，分到台属公司，实习五天，写个报告。

到公司，被扔到一个叫投资管理部的部门，问有什么可以干的，头儿说，没有。上了四天网。第五天下午，去人事办，见了一块儿来实习的七八个人。他们去的部门多少有点活儿，了解点儿业务，就我的部门啥也没摸到。不过无所谓，上大学没学到别的，学会一套本事，广东人叫"吹水"，写个把报告不太在话下。又挨了人事办主任一通骂，就回家过年了。主任骂人很讲究，出口都是成语，"首鼠两端"什么的，骂那个还有点犹豫要不要来北京的人。那人实习时跟我住一个宿舍，有脚气，把橘子皮塞鞋里除味儿，连我吃的橘子皮也要走了。一晚上似乎给两三个不同的女孩煲电话粥。长得也难叫帅。"首鼠两端"似乎骂对了。

春节在家接到短信，过了广东省银监局的初试。正有点愁复试内容根本不会，北京来电话，说要我了。银监局复试就没去。北京来人政审，还是那位处长，带了另一个女孩。我们学院管就业的领导喊上我去接机。我很兴奋，别的拿到再好 offer 的同学，也没见学院领导去接机。我缺乏经验，奔着副驾驶座去坐，院领导拉住我，"坐后面去"。

院领导跟北京来的处长一见如故，攀谈的时候，我跟在后面。处长说："王路面试的时候也没觉得怎么样，后来写的实习报告，领导看了，非常好——也不能说非常好吧，反正还挺像那么回事儿的。"

中大录取俩，还有个东校区的，院领导带着我俩招待了北京的处长吃饭后，带她们去看档案，趁东校区同学不在，悄悄问我："你俩有没有竞争关系？"之后，又在岭南堂汪道涵会议室调查我的室友、同学，问室友："你们宿舍卫生谁打扫得多？"室友很耿直："我打扫得多。""王路呢？""他有时候也打扫。"

背景调查完毕，处长她们准备第二天逛北京路。我当然有必要陪同。但这个活儿我是不能胜任的。于是叫了同班女生 G。她曾是班里另一位的女朋友，那会儿分手了。因为 G 的陪同，处长她们逛得蛮开心。我们学院领导、司机、档案中心的人，似乎跟她们接触的每个人都得到了一份小礼物，领带或者什么，最后一份是给 G 的。对我说，礼物不够，你的没了，等到北京再去后勤领吧。

我像吃了定心丸，知道妥了。临走，跟处长来的女孩突然朝我招手，似乎有话要说，我赶紧过去，她说：G 挺不错的，为什么不努力一下呢？

到北京，果然分到先前实习的台属公司，还是先前的投资管理部。难怪当初只考虑经济金融专业的。我有活干了，给部门头儿贴发票。每月三几千的样子。还出门送材料。虽然可以叫快递，但头儿喜欢让我送。毕竟办公室打游戏一个人比较方便，我在的话，不方便开音响。

一开始，我并不知道领导容易搞丢我的打车票，所以头几回送材料也打过车。那次，去中侨联送份什么文件，回来打车，走到玉渊潭，师傅问我："小伙子做什么的？"我说："投资。"师傅很生气："你有十个亿吗？""什么？""你有十个亿还是八个亿？敢说做投资！"我知道错了："我们公司做投资。"师傅释然："嗨，你们公司做投资，不能说你做投资。"

我十分惭愧。领导没骗我们，工资的确是两千。

我在体制内
混的三年

　　入职第一天，我把衬衣掖在西裤里，蹬了双皮鞋。北京大暴雨，皮鞋和半个裤腿都湿了。到了会议室，发现其他新同事都是短裤配凉鞋。

　　毕业证和学位证都摆在桌上。我右手边是个短发女孩，毕业证底下的签名是"周其凤"，我立刻想到"化学是你，化学是我"。她是北大乌尔都语专业的。我长了二十多年，第一次知道还有这么个语，后来一想到她的专业，就想成温都尔语，想到温都尔汗和林彪。我指着她的学位证问能不能拍照，她给了我个莫名其妙的眼神儿。

　　第二天，全员拉去妙峰山军训。胖高胖高的教官，指挥我们齐步走时要注意"裤缝儿"，双胳膊双腿使劲儿摩擦迷彩服，发出"唰唰"的声音。我们一边齐步走，教官一边吆喝："裤缝儿！裤缝儿！"好像卖裤缝儿的。等到吃饭，先围成一圈立正，下了口令才能坐，刚坐下，又被教官骂："谁动的？让你们调整座椅了吗？"白菜土豆，稀汤寡水，一星期没形成大便。一周后，被军用卡车拉到某机关听讲座，听完吃自助，当天就大便了两次，终于放心了。

培训完了租房，我和两个同事，租了两室一厅。盘锦的同事直奔主卧，转了一圈："这间我住了。"我赶紧跑到次卧："那我住这间吧。"二泡只好住客厅。"二泡"是外号，军训时老冒泡，大家都说他二，就叫二泡。他一开始很生气，后来习惯了。

我第一次见二泡时还没毕业，是来北京入职体检。看见他，心想：我们这批人里，怎么有年纪这么大的，得四十好几了吧？问起来，说以前在新华社当记者，我瞅着他脸上不知道是没刮净还是又长出来的胡茬，心生敬畏。谁能料到这么个人，居然只比我大一岁，又在军训时迅速夺得"二泡"的称号。

租好房子，要添家什。老山有个二手市场，就是旧货市场，二泡喊我："走，去二货市场逛逛。"我一开始和盘锦同事走得近，因为我俩把仅有的两间卧室占了，二泡被挤到了客厅。但没过多久，我就和二泡走得更近了。有次丢了钱包，找盘锦同事借三百块钱吃饭，他摸摸兜里没钱，要给我取，到眼科医院门口的自动取款机，输了两次密码，都错了。后来我找别人借的。盘锦同事很快胖了起来，二泡笑他屁股大，他说，屁股大，能力强。

上班不久，我们仨和一个顺义同事吃涮肉，顺义同事展示他新买的什么东西，我搭不上话，也不想太拘谨，憋了半天问：这多少钱啊。他没搭理我，头扭向一边吃串，吃完，呷了口啤酒，觑我一眼，仰起脸："给你提个建议。没事儿别老钱、钱的。没意思。"

单位迎接七十周年，成立了庆典办公室，B 主任负责。各部门抽调一大堆人，我也被借去跑腿儿。大家天天加班，很多时候加班也没什么事儿，但可以吃一顿吉野家。不过我吃不成，因为我是下属公司的。我以为天天加班，B 主任该很忙，没想到偶然听人说，他经常在办公室看《三国演义》。不是对着电脑看，他办公室有台大电视，坐在沙发上看。

临近庆典的一周非常忙，忙彩排，每天差不多要过了十二点才能回。最后一天，庆典完了，班车拉我们回去，听说 B 主任要请吃海底捞。那会儿已经凌晨一点多了。有个年纪大的女同事，五十来岁吧，说不去了，回家睡觉。有个男同事跟她年纪相仿，大概也是处级，说，"行，那你先回吧，等会儿洗完澡我就过去！给我留着门啊！"一车人哈哈大笑。

班车把器材道具运回来，物业的门没开，等了十分钟，没人来，B主任那边喊吃火锅了。大概就是要"留着门"的干部哐哐踹了几脚门。停了一会儿，又哐哐哐几脚。当然，是踹不开的。他放下脚，轻松地说："今天晚会很成功，大家心情好。要是心情不好，这门早就开了。"

我不想去吃海底捞，太晚了，但又不好不去。到了石景山万达，B主任敬大家酒，有人白的，有人啤的，我拿王老吉碰，也没人说啥，只有盘锦室友冷笑着看了看我。他用一次性塑料杯，斟得满满一杯白酒，贴到B主任杯前碰了，一饮而尽。可惜B主任正跟别人说话，没看见，他遗憾无比。吃到中间，我上厕所，见他也在，刚抖完，涨着脸喊住我："王路，我跟你说，可千万别叫我学会这一套。"说完拉上裤链，恨恨地回去敬酒了。

庆典结束后，我依旧在投资管理部做点儿杂七杂八的活儿。有家控股集团总部搬到了我们楼上，方便来单位听领导指示。有次小活动，W总的发言稿是我写的，简短半页纸，他回头碰到我说："我见过这么多人写报告，文字干净的不多，你是一个。"后来听说他想让我去他们集团，我们公司老总说不行，王路是台里的人。我想，假如去了，工资会高些吧。

他们公司有个B总，嗓音特别，每次路上见到我都会说：你在共识网的专栏最近怎么没更新了？你写的我都看。

那会儿我在共识网和观察者网开专栏，写历史文化类稿子，赚点生活费。观察者网只发过一篇，后来的稿子，编辑总说有这样那样的问题，就不给他写了。以后只给《女报》和腾讯大家写过。

体制内干满三年，要转正考核，还是拉到沙河总政基地。我没去，跟朋友去王府井吃饭了。在东方新天地门口，接到一个电话："是王路吗？有人要跟你说话，你等一下。"我马上反应过来。因为一般人找我，不可能让别人代拨电话，我就说："H台好。"他很满意我一下猜到是他，骂道："你小子！"他就是当年到中大面试我的人事办主任，后来晋升了。他命令我第二天去参加转正考核。考核内容是体能测试，3000米、立定跳远，还有笔试。我洋洋洒洒答了一通。回去继续申请离职。

申请递上去，久久下不来，人事办不批。我妈让我送礼。我是不可能送礼的。在二泡办公室的通讯录上，找到那位领导的手机号，战战兢兢发了短信。后来终于在他办公室见到他。他问："你是去腾讯吗？腾讯给你多少钱？"我说："不是腾讯，是凤凰。九千。"他一边用毛巾擦手一边说："就这么点儿出息？啊？九千块就把你收买了？要是两万，你去还差不多。"又问我现在工资多少，那会儿加上住房补贴每月三千四。他听了说："怎么那么少？你们工资都这么低吗？你去人事办吧。我给你调部门。"我执意要走。他骂了我几句，说你根本不知道孰轻孰重！然后签了字。我非常感激他。他签字后，人事办主任很快签字了。我就结束了体制内生涯。

淘宝与玄奘

　　我学佛要感谢淘宝。前些年，淘宝上可以请购佛经。一些很偏门的佛教经论，在淘宝上居然有卖家印，我的好多书都是从那儿得来的。当然，如果有一套"大正藏"，也就解决问题了。只是我这些年一直在北京租房，没有条件购买和贮存"大正藏"。以前在望京跟人合租，卧室除了床只能放下两个衣柜，一个放衣服，另一个放书，只能垒着放，平常是拿不出来的。

　　后来搬到东五环外，住了一年后，预计还会再住几年，就从宜家买了两个书架，把箱子里的书搬出来，码上去。现在书架也放不下了，只好沿着书架从地面往上堆，这对佛教书籍是不太尊重的。但也没有更好的办法，我只能把自己写的书压最底下，还有一些出版方赠送的没有太大意思的书堆在下面。

好在可以网上看。但是，网上看有个很大的不方便，经常不知道自己看过多少，哪些看过。"不动笔墨不读书"，是蛮有道理的，至少对我来说是。买了一本书，不拿笔画一画，下次就根本不知道读没读过。有时候读了好几页，突然发现以前读过，只是没画线，就想不起来了。画了线，下次就可以从没画的地方开始读起。很多大部头，像《大毗婆沙论》《瑜伽师地论》，是不可能有耐心从头读到尾的。我习惯从中间读，或者往前，或者往后，读到哪里，画到哪里，时间长了，也就差不多都画了，哪怕也忘得差不多，至少心理上有种满足感。看电子版永远都没这感觉。所以我要看什么书，能买纸质的就不看电子的。

可惜现在淘宝上不能请购佛教经论了。我很庆幸那时候断断续续请购了一些。《大毗婆沙论》《俱舍论》《顺正理论》《成唯识论》《成唯识论述记》等，全都是淘宝卖家自印版，还大都转化成了简体，标了句读。奇怪的是，句读居然大体过得去，甚至要比一些正式出版物的错误还少。这真是一点不夸张呀。

我以前不大了解二手文献，看过的很少。学者引用多用大正藏，我要查引文，需要费些功夫，先从 CBETA 上找出处，再对着找淘宝自印版页码。我看淘宝自印版体验很好，很白，很干净，没有多余的注释和解说，虽然有错误的标点，但那不是问题。哪种版本没有错误标点呢？

偶尔去朋友家，看到大书架，确实羡慕。对房子说不上很羡慕，但对有了房子，安排上大书架，还是蛮羡慕的，回来后就会跑到链家网了解房价，当然，查两天也就算了，搁置了。

不过，学问做得怎样，和书架大不大，藏书多不多，也没有特别必然的联系。在有些领域，材料至关重要。但在另一些领域，材料就没那么重要。也见过一些掌握了不少材料和工具的人，做出来的东西似是而非，张冠李戴。

我对古代大德了解不多，没有专门去研究过哪个人。总体来说，对玄奘大师是非常钦佩的。他翻译了很多根本没有什么人看的经论，从他离世后不久，几乎就没有任何一个时代能有多少人去仔细了解过玄奘曾感兴趣并致力的问题，我们能了解的，最多只是一隅，而要把所有隅拼起来，才有望了解整个玄奘。可即便是在自己熟悉的一隅，所了解的也有限得很呢。

我们小区有个老太太每天喂猫。我买了两只猫睡袋，后来发现一只不见了，我知道是老太太挪到别的猫窝了，喂猫时问她，在她的指引下，穿过灌木丛，发现隐藏在其中的三只猫窝。老太太得过胃癌，做过心脏病手术，但我想，只要老太太在，这个小区的东区，从 15 号楼往东，应该始终都会有猫。有的猫被人打死，有的猫被鼠药闹死，有的猫被狗咬死，有的猫被冻死，还有猫生病而死，但从我搬到这里的四年多来，附近的猫并没见减少，总是会不知怎样冒出新的猫来。我想，这大概就是"住持"的意思。

玄奘大师翻译的很多书，在很多时代是没什么人读的。其中的很多问题，甚至在漫长的时间里，连一个能摸得着理解的边儿的人都没有。但是没关系，只要文字在，就像埋在灰烬中的炭，遇到风吹，还是会燃起来。

有情

江湖相忘喵星人

最近北京总下雨，还老是赶到晚饭的时候。出门给猫买火腿，刚到便利店，雨就扑扑簌簌落下来了。鸡肉味的卖完了，夜里十二点才到货，这已经是第三趟跑来问了，只好回去。但雨太大，打伞都不行，更何况是秃头。于是转进旁边的庆丰包子铺，要瓶北冰洋，坐对玻璃窗，等待雨停。

说是等待，也不算等待。雨啥时候停都无所谓。反正回去也是闲着，在这里也是闲着，在哪儿坐都是坐，那就不急了。飘风不终朝，骤雨不终日，能下多久呢。

猫是偶然相逢的。说不上邂逅，没那么浪漫。就是一个人在夏天的夜晚出来溜达，乘凉，偶然见一只猫卧在花丛边的石栏上。想逗逗它，就驻足了。

在隔了一段时日的夜里，就是坐在包子铺喝汽水发朋友圈的时候，才知道并不是所有的猫见到人都会跑。才知道流浪猫是很聪明的，聪明到能看出哪些人会喂它东西吃。大概因为这个缘故，那只猫不停地朝我"喵"。我本来想逗逗它就走，但它"喵"了好多声，我不忍心走了。

我身上没有任何吃的。听说有的流浪猫会把人领到便利店给它买。我还没有幸运到遇见那么聪明伶俐的猫。我只遇见过装作钱包掉了回不了家的人，让我给钱买点儿吃的。常是妙龄少女，装束上看，比我体面得多。我问她们拿身份证来看，她们说连同机票在行李箱中丢了。我还想问，她们讪讪走了。

猫不介意我穿得朴素，也不介意我兜里掏不出来多少钱。它只是遥遥地卧着，朝你"喵"两声。它不会亲自走来你身边，只会等你走向它，并从你眼神中看出确有爱怜它的意思，才愿意同你结成一份默契。单因这默契，你就走不掉了。

我只好半夜跑到便利店，给它买火腿肠。那时候我还不知道猫不能吃咸的。那是我供养流浪猫的开始。许多年后想起当时，我毫不怀疑它是我生命中值遇的菩萨。从此，喂流浪猫成了我客居生涯中不可或缺的一页。

假如哪天突然死去，试问平生做过的哪些事是值得的，哪些事是不值的？不值的事情，荒废的光阴，不必相遇来往的人，不知有多少。而喂猫与礼佛，大概是行将命终时也必为之欣慰的。

在货架上看到十来块一包的，七块五一包的。我想，买便宜的呗，流浪猫能吃多好的伙食呢，有吃的就不错了。拿了火腿肠往回走，远远看见猫的脸，走近了，却是一苞凋谢的花朵残存在枝头。猫已经走了。

我沿着阑干数遍了整整一排石柱，始终没再见到猫的踪迹。憾然在路灯下徘徊，觉得方才太小气。为什么不给猫买贵的呢。喵星人是最狡猾的。想必猜到你拿便宜的敷衍，就赌气走了。

小路空无一人，唯有奶黄色的灯光流泻在夏夜的长街。无风，月亮和云都不动。时间如同寂止。我无法分辨刚才猫卧的石阑究竟是哪座。不过，手机拍了照片。每座石阑上都有不同的树影。看上去石阑似乎一模一样，可你要对它的纹理有深刻的了解，能读懂树和草的语言，就会知道，没有一座石阑是和其他石阑一样的。

凭借树影，我找回猫卧过的石阑。把火腿肠剥开一根，放进阑顶的孔洞。并期待第二天会不见。那就得到了猫的谅解。第二天一早再去，果然发现猫谅解了我。

人和喵星人的谅解是不需要语言的。甚至不需要相见。在那之后，我再也没有见过那位来自喵星的客人。但火腿肠每次不失其时的消失，让我了然它的造访。我并没有打算躲在大树后窥探，看喵星人何时降临。我甚至忧虑一根火腿肠会不会让喵星人们大打出手，想到二桃杀三士。甚至还忧虑，它会不会因为轻易得到一顿饱餐，转而荒疏了捕猎的技能，那样，在我搬离后，它的猫生又将何以为继。

总之，考虑得越多，越怀疑投食也许不是彻底的善意。却又不足以想出更好的办法。毕竟，一个人尚且不能照顾另一个所爱的人一生，更何况是猫。各人有各人的缘法，各猫有各猫的际遇。谁让它在见到我时"喵"了那么动情的几声。没有任何一只猫可以靠垂怜来得到一生的衣食，只有聪明的猫，才知道如何在荒芜的世界里坚强活下去。人又何尝不是。

窗外的雨不知何时停了。果然飘风不终朝、骤雨不终日。我在回去的路上又绕到街灯下的石阑边，爬上阑干探头看，没有一丝踪迹。唯有来过的雨润湿了脚下的泥。

我养的绿萝
要死了

我好吃懒做，从没想过侍弄花花草草。偶然逛商场，看见静默在一角的绿萝。床头正缺点什么，就把它领回了家。

领回家，并不好好地养。我的胃不好，不能喝凉水。每次水凉了，就得跑厨房倒掉。自从有了绿萝，残水就倒进绿萝盆里，屁股不用挪开椅子，也不用专门浇水。在我这么懒蛋的主人手里，它疯长起来，密阴阴笼罩了半个床头。

去年三月，我回老家打官司，北京的租约刚到期，匆忙搬完家，把绿萝扔在阳台就走了，也忘了浇水。回来已是清明，推开门，叶子全枯了，层层铺在地上，像女人的裙。

我才有些怜惜。毕竟，领回家是要好好养的。我是个负心的主人，在它长得最出落的时候，都没仔细端详过它。也可能因为绿萝太寻常，而我好高骛远，对身边的好熟视无睹。直到要拎起花盆下楼扔掉，才感到愧疚。

电梯迟迟不来。小时候，去表弟家玩，每次到回家的日子，我都期待车不要来，这样就可以多住一个晚上。我忽然想，绿萝是不是还想在我家多住一个晚上。就舍不得扔了。

转回房间，剪掉所有叶子，只剩下光秃秃的枝丫。取半杯水，细细浇进去。我并不指望它活。浇水不过是尽人事，给自己一点安慰。这些事情上，我还是挺唯物主义的。

那个时候，一切都很糟糕，家里的官司没有着落，我体检又查出了问题。风雨大作的午后，从安贞医院徒步走回望京，四围灰暗，了无生趣。眼见许多美好终将离去。我打算戒了肉，清心寡欲一点。就在那个晚上，仔细端详绿萝，发现不知何时悄悄探出了小脑袋。我发现得迟了，探出来的竟不止一株，有点虎头虎脑。

绿萝是残春渐褪时给我的最大安慰。很多事情，在你以为十分糟糕的时候，微细的美好在不经意处悄然生起。我又不唯物主义了，我想，假如绿萝能长回从前，一切都会再好起来的吧。

不久，接到领导短信，说给我加工资。那本来不是加工资的时候。又不久，积攒两年的书稿也谈妥了。很快，公司决定运营主笔，我被时尚频道的美女同事带去商场挑衣服拍商务照。一切都出奇地顺利，所遇的一切人，都对我出奇地好。就算打官司，虽然结果无着，也结识了不少善缘，给我启发和安慰。绿萝在我顺风顺水的境遇里，一点点生长，发枝抽条，像最初遇见时那样，静默在一角不语，却停停点点复苏成从前的密阴阴。

十二月份，它已经有些影影绰绰的风姿了。从零长起是有点儿慢，但很扎实。每一片叶子，都是在我居住的房间里吐露的。在并不漫长的时光里，一点点从泥里汲取养分。不知那些污秽的泥，如何能生起纯净的绿。佛经说，莲花开在污泥里，善法也从五浊恶世生起。越是污秽的地方，越是修行的道场。我从梧桐树下挖了泥，培在绿萝盆里。

春节回家，我早想好了办法。用一个盆，添些水，绿萝坐进去，水刚刚覆过底座。纵然北京的冬天再干燥，水也不会在我离开的日子蒸发殆尽。呵护绿萝是我回家过年之前最重要的事。悉心安顿好，才关上房门背着书包出发。

过了年，人长了一岁，绿萝也长了一岁。一岁对人来说，只是生命的几十分之一，但对绿萝来说，就挺长的。在家乡的寒夜里，我不止一次想起绿萝。想到再见的时候，它出落得更加水灵。要说它是我的好运，也没有道理。一个人的好运来自平素多做善事，多对人好，并不在乎养了花花草草。但我有时候，宁愿相信没道理的东西，只因为美好。

绿萝是造化的赐予，让我从心底愿意分出精力来照料一样东西。佛家讲究布施，要人分出心血和精力，赠予外物。

当还能照料周围的物事时，你就是慈悲有力量的。我本是懒散的人，对身外之事素来漠然，有了照料绿萝的经验，渐渐发觉自己还是可以给予别人帮助的，哪怕一无所有，至少能给些关心。佛经的道理，在养绿萝中一点点体会。青青翠竹，尽是法身；郁郁黄花，无非般若。绿萝这样默然地向我宣流法音。

可佛经还说，诸行无常。节后回京，推开门的刹那，我才看见自己的愚妄。盆里水没有干，花却被淹坏了。泥土浮肿，像鱼的鳃。叶子凋萎大半，根几乎全断了，被泡成了面条。我只怕它干枯，却没想到，被我亲手淹坏了。我常自恃聪明，却总在事情一塌糊涂后，才察觉自己的无知。

拍照片发给妈。妈说，只要根没全坏，就还能活。我把烂掉的根拔除，修剪了枝叶。叶子只要没萎垂，就算枯黄了，也留在盆里，期待它能返青。

我对绿萝的留心比先前多了好多。每天起床，先要看看有没有长出新叶子。回到家，看看。写文章累了，看看。睡觉前，再看看。看久了，我觉得自己不是糊涂吗？没有多余的根，叶子哪能凭空长出呢。

我把剩下叶子里最大的几片剪下来，均匀插在花盆里，不敢太密，怕它们抢营养，又去梧桐树下挖了土，筛去石子，一一碾细，撒在花盆里。

妈告诉我，去超市买些花肥。我恍然大悟。去了果然欢喜，花肥琳琅满目，还有许多吊兰、富贵竹、薰衣草。我喜欢薰衣草香，挑了一袋，选了新的花盆和土壤，抱向收银台时，忽然觉得不好。

我只有一盆绿萝。每天看它好多回，用手捏捏泥，看是干还是湿。每天在同样的角度拍下照片，比较和前一天的变化。有了薰衣草，我对绿萝就不会那么在意了。想要好看的花，超市多的是，随便买一盆，也比我的绿萝好。但我之所以爱那盆绿萝，只因为它是我的，它每一片叶子都是在我居住的地方长出来的，与我用同一只杯子喝水。我转过身，把薰衣草放了回去。

我期待绿萝的复苏。佛经云，见世安隐。我现在不想它长得多好多茁壮。前几年，我总是期待意外的机遇降临，期待事业的转机。现在只期待自己和亲人平安健康。这已是很大的奢求。我也不要绿萝多好看，哪怕幼小，哪怕还孱弱，只要它活着，慢慢度过一天又一天，就很好。

在期待中，我感到时光的煎熬。每当诸事繁冗，时光飞逝，看见绿萝，就又觉得时光漫长。低垂的叶片里，看不见一点点起色。任是一次次驻足端详，也不见变化。可我能做什么呢。肥不能施多，水也不能浇多。只好在一旁静默地看着。

扦插的叶太嫩，慢慢都死掉了。黄叶继续凋萎，绿叶日渐黯黄。从前去咖啡馆，从来不会留意绿植。现在走到哪里，看见绿色叶子，就会想起我的绿萝。见别人的绿萝长得好，就生起艳羡和惋惜。这是不该有的执念。绿萝终归不属于我。不会因我的欢喜而生长，也不会因我的惋惜而停止凋衰。它生在这世上，有它要遵循的法则。而我只是它生命中的一个邻人。只是当我把它抱回家，愚妄地以主人自居，就不免要承受这些。

道理虽然如此，可一年多的陪伴，让我还是会将它的生命与我的生活连在一起。可世上哪有一种美好，会因人的不舍而驻足。绿萝的陪伴，也对我的生命有了塑造和改变，虽然只是在微小的细节上。至少让我这样从来不在意花花草草的人，开始用心留意一片绿叶的枯荣。

绿萝只剩下不到五片叶子，我也慢慢开始接受它终有一天要离开的事实。悲伤在所难免，但生活原本如此。绿萝一天天凋残，又何尝不是对我的开示：生命中远有更加重要的东西，如何可以不去珍惜。

愿以无罪身，长对流放月

我有一盆养了两年的绿萝。今年春天，差点死了。后来有八片叶子活了下来。最近枯萎了两片，只剩六片了。没有多余的枝条，很久发不出新芽，我摘掉一片叶，扦插到土里，摘掉的地方很快隐隐露出尖头，扦插的绿叶却慢慢黄了。

有个从没见过面的姑娘突然约我吃饭。我说，最近忙，过两周吧。她说，我懂，我也是这么拒绝男生的。我说，真的忙。她说，那我过两周再约你，一定要把你约出来。我说好。过两周，闲了，她并没有再约。

很多时候，突然有个什么想法，比如想去西藏，或者敦煌，简直到了明天就非走不可的地步，可是又走不了，只好慢慢绸缪，绸缪着绸缪着，就不太想去了。

星云法师在《贫僧有话要说》里讲，佛光山的钱够一年吃的就很好，不要超过三年，超过三年，就有麻烦。

我工作了五年半，没有买房，卡里的钱，吃一年绰绰有余。如果不大手大脚，还照现在这么个过法，早上喝点粥，中午担担面龟苓膏和小笼牛肉，晚上炒米粉，吃三年也够了。

有天晚上，我戴着口罩去给流浪猫投食。刚投完，一个老太太来了。我怕她瞅见，扭身就走，边走边掏出手机，装作在玩。没想到老太太隔着老远喊："小伙子干啥？"

那是个封闭的小花园，在雾霾爆表的天气来，也不太正常。我只好老实承认，来喂猫。她说，你也喂猫啊！她提个红布兜，说猫不敢出来了。一共十只，前两天被人打死一只，其他猫吓着了。我吃了一惊，问谁打的，为什么打猫，她说不知道，可能有人想发泄吧。

她打开红布兜，掏出鱼罐头，说是双十一买的，打折，买了245块钱的。"猫多，一天能吃一盒。小伙子你多大，结婚没？谈朋友没？"她说她外甥女在积水潭上班，一个月工资一万多，性格也好，"你考不考虑比你大两岁的？"

纪录片《洛杉矶流浪狗》里讲，有个黑人，一生跟狗打交道，人家叫他 Dog Man，每天跑到流浪狗收容所去看狗，还帮人训练狗，免费的。他年纪很大了，单身，曾经有一段感情，女孩受不了他总是围着狗转，离开了。他指着街道旁被人丢弃的垃圾说：我从小就在这种环境下长大，如果不是狗，我大概会吸毒，或者加入黑帮。

有只狗把女主人的捷豹毁了，女主人扔了车，买了辆新的。"没有办法。车没有生命，狗是有生命的。这是底线。"她又说，"我是素食者。"

一对坚持要把领养来的桀骜不驯的流浪狗驯服的夫妻，最终还是因为狗咬伤女主人放弃了，"它可能都不明白自己在做什么"。那只狗被注射了安乐死。新领养的狗很乖，但提到之前的狗，女主人还是掉眼泪。

吉田兼好《徒然草》里有一句话：愿以无罪身，长对流放月。古人晴耕雨读。下了雨，就可以不去劳作，待在屋里读书。天晴了，就去耕种，因为耕种，秋天就有收获的期待。

绿萝新芽吐得很慢，每天去看，还是老样子，没有一点变化。不过，这急不得。就像新领养的很乖的狗，代替不了从前桀骜不驯的狗。那不是事情的做法。虽然做不了什么，倒也不用做什么，唯一需要的是等待。

在等待中，很多事情可以成就。粥可以一天比一天煮得好，菜可以一天比一天炒得香。也许并没有更好更香，只是更能接受一件事物是它本来的样子。也学着接受一件事物终于慢慢不再能回到本来的样子。一朝一夕就这样过去。流放的月色又何尝不是绝佳的景致。

猫命狗命

　　早上在楼下散步，见一个小孩在喂狗。狗很小，不到一个月大，关在笼子里。小孩把笼子从家里提出来，放在单元门口，一只小碗装着半碗剩干饭，还有几粒碎油条。

　　突然，小孩喊我："哥哥，哥哥！帮我把狗关到笼子里吧！"

　　小狗跑出来了。狗虽然小，却机灵，一抓就跑。我说："让它在外边玩儿一会儿吧。"

　　过了会儿，小孩又喊："哥哥，哥哥！帮我把狗关到笼子里吧！"我靠近狗，失败了。我能觉出自己的漫不经心。如果真想抓，是不在话下的。可我知道，小狗不想进笼子，它被关太久了。

　　这样的小狗，不咬人，温顺可爱，本来不该关在笼子里的。为什么关？一定是孩子父母怕狗把家里弄脏弄乱。或者干脆不让它进家，只是在楼道放着。

听小孩跟一位老太太说话，才感觉不大对劲儿。他口齿结巴，行动迟缓，像有智力障碍。也许父母想给他找点乐趣，才允许他养这么一条小狗。他虽然有智力障碍，狗并不嫌弃，他走哪里，狗跟到哪里。

小狗总是要一天天长大的，长到笼子关不下，只能蜷缩着身子挤进去；长到会因为长久的囚禁郁郁寡欢；长到会因为给家里带来不断的麻烦而被遗弃或送人。在小地方，这种养猫养狗的，太多了。它们没有大城市宠物的待遇。有钱人家，可以花好几万给猫狗做一次手术，在小地方，只能看着它死去。命有贵贱吗？

多年前，我家养过一只猫。它小时候曾走失一个多月。那会儿我家做生意，它养在店里，白天不敢露头，傍晚溜出去玩儿一圈，关门时再回来。一天，表姐关门没注意，把它锁外面了。到了夜里，是空荡荡的市场，没有栖身之地。从此丢了。

接下来的几天，正好我从外地回了家，每天夜里在店里守到十点，平时是六点关门的，因为觉得猫可能回来，就等。等了一星期，我要走了，它还没回来。那时候它才一个月大。我们都觉得它不会回来了。又过了一个月，我打电话回家，妈说，猫回来了。

春节店里不开门，就把猫接回家。猫和我越来越亲密。我看书时，它往桌上一卧，就睡着了。我故意把手伸到它鼻子前，它用舌头舔舔，甚至用牙挠挠，从来不咬。它很会把握力道和分寸，特别聪明。它还能从地上跃起，跳到楼梯扶手上，再借力跳上门顶进我卧室。我有时不想让它打扰，就把它关在卧室外，它就一直挠门。心下不忍，还得让它进来。

搬回家之后，它玩得越来越疯，外面不再是市场，而是田园郊野，慢慢地，它每天夜晚出去玩，早上六点准时站在门口等我们开门。

后来，它怀胎了。生了一窝小猫。我们想办法送人，因为养不了那么多。我家做针织品生意，房间里堆的全是被子。它知道该去哪儿解手，去哪儿吃饭，但小猫不知道，屙尿到被子上，我爸很生气。那时候是春天，我已经不在家了。

一窝小猫送人时，已经不算太小了，能蹦能跳。捉住哪只，就先送哪只。小猫见人来捉，慌忙跳开。只有只黄黑相间的猫，已经捉住，给它脖子系了红绳，还是逃开了。从此再也不信任我们。我妈每天煮好鸡肝放在走廊留给它吃。但只要稍稍靠近，它立刻跑开。

等我夏天回来，又生了第二窝猫。再送已经很难找到人了。我让妈去给猫做绝育，妈说好，却也没有去。小猫乱屙乱尿，没几天，爸不能容忍，说要把小猫摔死。我虽然已经二十岁，但在家是做不了主的。我很担心，在院子里逛了几圈，想找个藏猫的地方。

我家是在城郊盖的房子，有个大院子，种的有树、有菜。我把小猫放到纸箱里，纸箱放到院子西南角废弃的厕所里。大猫会来喂它们奶。

最大的问题是蚊子。院子里杂草丛生，蚊子很毒。厕所没废弃时，解一次手，屁股上能咬十几个包。把猫放在那一会儿，再去看，小猫身上已经被蚊子咬得全是疙瘩。我赶紧抱出来，思来想去，整个院子找不到一处能给小猫栖身的地方。

没办法，只好放在走廊。大猫神勇，衔了小猫脖子，从地上一跃而起，跳到近两米高，从门顶露出的缝隙里钻进屋，把小猫藏起来。——它知道走廊不好。

到了屋里，小猫不懂事，还是到处屙尿。爸继续发脾气，说要摔死。我没办法，给好几年不联系的同学一一发短信，问谁要。问了很多人，就送出去一只。

最后，上街找。真是很巧，平时街上也没见卖猫的，那几天，十字街头出现几个妇女提着笼子卖猫。我说，我家猫多养不了，给你吧。

原说把小猫送走，大猫留着，做个绝育，还养，毕竟养了这么久。但看我爸的意思，大猫也不想要，我估计让它在家，也不会有人带它做绝育，过不了两月，又会生一窝，更可怕。狠心送人吧。

大猫，就是当年走失一月又回来的小猫，还是很温顺。让它过来，它就来了。要抱，它就给抱。妈往它脖子上拴红绳的时候，它有点不情愿，但也没排斥。直到要塞进纸箱，它才表现出不愿意，但依然没有反抗。如果反抗，我们是捉不到它的。当时家里还有只土狗，比它大七八倍，打起架来，土狗都怕它。但它信任我们，所以想拴它，就被拴住了。

我们开车把它带到卖猫人那里，抱出纸箱，看它被人关进笼子。

那天晚上，太阳落山的时候，我往西走。平常这个时候，手里总是拎着给猫买的两块钱鸡肝。那天第一次空着手。

我从此不再养猫了。

普陀的鱼

普陀山有座普济寺。普济寺前有个荷花池。荷花池的石桥下有一群鲤鱼。一只小龟伸着四肢在鲤鱼间游动。

鲤鱼知不知道，这里是善男子善女人千里迢迢来朝拜的圣地？

多年前，我去杜甫草堂，去时已是晚上，快闭门了，院子里见到很多猫。我想，猫呀，你们知不知道，自己和一千多年前的诗圣有着殊胜因缘呢。多少人怀着景仰来拜谒，而它们，若无其事地生活在这里，和生活在别处也没什么不同。

有池塘、有荷花的地方，往往有鲤鱼。香山卧佛寺有，北海公园也有。哪里没有呢。鲤鱼才不在乎这里是不是圣地。没准儿北海公园的鲤鱼活得更开心，谁知道呢。

人间的圣地，在鲤鱼那里，就显得平常了。反过来，鲤鱼那里，平平常常、殊无奇特的地方，在人间就是圣地。

一朵野花绽放在大佛顶首。它知道自己的殊胜吗？也许不知道吧。在花花草草的世界里，它只是再平凡不过的一朵。

一个人默默活在世间，做着善事，毫不起眼。在人间，没有谁赞叹他，没有谁晓得他的奇特，连他自己都不晓得，因为实在没有任何奇特。然而，天人与韦驮，在看不见的地方，环绕护持着他。

老实的念佛人，一生从事平凡之事，结婚、生子、退休、辞世，在生命之河里缓慢静谧地流淌过日复一日，不晓得什么叫娑婆世界、什么叫极乐净土。然而他的心，早已在诸佛的摄取中，遍照了恒久的光明。

世间认知里，几人能彻见为路边一只虫子祈祷的意义；谁能由烈日暴晒的柏油路上烫死的蚯蚓，而感喟娑婆的无常与悲苦：而那感喟中的一丝恻隐，纵以遍满恒沙世界的七宝相较，都未足喻其功德庄严。凡夫发起一念菩提心，在人世间，未必能引起一个眼神的关注，而恒沙世界无量佛国，菩萨诸天早已欢喜赞叹，雨天妙华。

普陀山有座"不肯去观音院"。观音院而叫"不肯去"，意味深长。说过去有日本僧人从五台山请一座观音像去日本，船经普陀山，总被海风吹返，因此想，大概菩萨不愿再往东走了，于是留在普陀，建了"不肯去观音院"。

其实，观世音菩萨怎么可能有不愿意去的地方呢。菩萨大慈大悲，随机应化，千处祈求千处应，只要众生在苦难中，纵是阿鼻地狱，菩萨又岂有不肯去之理。

"不肯去"的"去"，是"离开"，不是"去往"。不是说菩萨不肯前往那里，只是说菩萨不舍这里。说"生则决定生，去则实不去"，并不是说有情不到极乐净土去，是说净土大士实则未尝离开秽土悲苦的众生。凡夫囿于浅见，以为菩萨一旦赴彼，必当舍此，殊不知菩萨有千百亿化身，如同荷花、鲤鱼，在在处处，何地不有？山川异域，风月同天，有情无论身在何处，又岂不在诸佛菩萨光明的摄取中。

有菩萨的地方就是圣地，有菩萨行的地方就有菩萨。菩萨哪里只在造了像、留了传说、吸引了游客的地方？心中有一分光明，菩萨就从来未曾舍离；心中纵无光明，菩萨也从来未肯舍离，只是暗昧的自身觉察不到罢了。就像有鲤鱼的地方每有荷花，有江水的地方恒有月影。

观音院右首，立着数十座菩萨像，每尊像前，有只塑料筐，为善男信女布下供养的机会。一位男子掏出钱包，捏一枚硬币，掷在筐中。硬币滚向筐边，跳了三下，把筐砸了个趔趄。男子已转身奔向下个景点。

看见如此举动，难免凡心不惬。这不惬，正是身为凡夫的证据了。回看菩萨，依旧低眉慈目，安住平等清净中，施慈悲与世间种种有情。

太阳落了山，夜潮渐涨，游客回到旅馆，向餐桌前坐下。一条条鱼，从水箱捞起，送进厨房，不多时，又端到曾在菩萨像前礼拜许愿的游客餐桌上。"都是现杀的。"老板说。

"善男子，若有国土众生，应以佛身得度者，观世音菩萨即现佛身而为说法……应以自在天身得度者，即现自在天身而为说法……应以天、龙、夜叉、乾闼婆、阿修罗、迦楼罗、紧那罗、摩睺罗伽、人非人身得度者，即皆现之而为说法……无尽意！是观世音菩萨成就如是功德，以种种形，游诸国土，度脱众生！……是观世音菩萨摩诃萨，于怖畏急难之中能施无畏，是故此娑婆世界，皆号之为施无畏者！"①

① 本段出自《妙法莲华经》。

花猫罹难记

前天夜里，北京下了场寒雨。

昨天晚上，去喂猫。18号楼的老太太坐在猫盆跟前，告诉我，前天夜里十二点左右，有三只狗咬一只小花猫，咬得脖子都喘不过来气了。

咬死了？

肯定死了。

我问老太太怎么知道的。她说，听猫窝旁边住平房的那家说的。老太太特别生气，说那家人竟然都不出来看一眼，就是朝狗扔个石头也能把猫救下来。还说之前一位老太太没搬走时，为了让那家关照猫，还给他们拿东西。

我问老太太死的哪只，怕是我认识的。她说是三色猫。我比较熟悉的一只是黑黄杂色，老太太说不是黑猫，我稍微松了口气。

小区大，猫不少，我只在东区喂。附近大概有八九只。我之前最熟悉的是黄猫，老太太叫它大黄，有十多岁了。去年冬天，因为冷，我每次在小区食堂吃完早餐回来都是走南边，能晒到太阳。有几次早上，每次从那儿走，大黄都跑来我腿边蹭。

大黄是少有的不太怕人的猫。很冷的时候，我一度担心它冻死，有段时间也没看见它。还好，没冻死，今年春夏间还经常见它，可能是老了，不太走得动了。后来，小区又多出几只黄猫，我晚上喂，光线不好，甚至有点分不清哪只是大黄了。

除了大黄，最熟悉的就是花猫。花猫是不久前才认识的。以前我只喂一个点。自打之前的老太太搬走后，还有三个人喂猫：老太太、刘女士、我。我和刘女士喂猫时间是岔开的，之前偶尔碰见也不打招呼。九月的时候，刘女士说，她十月要出国，拜托我多照顾一下猫。因为她的嘱托，我从十月开始，喂两个点。就认识了花猫。它常在靠西的点。

我每次去喂，它都跳上椅子。我在的时候，它不吃，等我走了再吃。它跟我很亲近。我要走了，它还送我。有时候，它也跑到东边。我见了猫，如果周围没人，会打几声招呼。它们来了，我就说，阿弥陀佛、阿弥陀佛。花猫过来手边，我摸摸它的头。喂完走了，它送我几步。

花猫毛色并不好看，有黑有黄，不规则。但我很喜欢它。我这两天喂，都没见花猫。上周差不多每次喂，它都出来。我有点担心，白天想到，就把手机相册打开，上周我拍过。我仔细看了照片上的颜色，好像就黑黄两色。

今天晚上喂猫，老太太也在，我又问，被咬死的是哪只？她说，三色猫。我拿出手机给她看。老太太说，对，就这只。

从老太太那儿，我知道花猫是只母猫，两个多月大，特别老实。我一开始以为老太太把猫的尸体掩埋了。老太太说，狗叼走了，连尸体都没有留下。我想，会不会没死呢。

没死的可能，也许是没有了。老太太对猫很熟，小区有多少只猫，每只多大，牙口或者什么有问题，她都很清楚。老太太说死了，那就是死了，不会错的。我能做什么呢，只有多念几声佛。

我以前在望京，有次路上看见猫，把猫粮拿在手里喂，被咬了一口，打了五针。后来再喂，就不敢放手里。我也没有再打算认识我喂的那些猫。不认识，喂了也就喂了；什么时候出差或者回老家，停了也就停了；什么时候要搬家，搬走也就搬走了。不需要有什么挂念。刘女士喂了十年，出趟差还要挂念猫。像我这喂法，是不需要太挂念的。不需要它们认识我，也不需要我认识它们。只是各自行使活在世间的义务。

可是我没想到，时间长了还是会认识。我和花猫认识的
时间不长，但也记住了。记住了，就难免挂怀。之前就听老
太太说，有人打猫，什么时候，在哪里，哪只猫被打死。我
也同情，也悲伤气愤，但总还好。那些猫对我来说，还是抽
象了些。

而这只具体的花猫，几天前刚被我拍照的花猫，死了。
我很少拍照。那天晚上，天已经黑了，我去投食，两三只猫
就出来了。一只不敢走太近，一只着急吃猫粮，只有这只小
花猫，走近我，却不吃，要等我走了再吃。我就抚抚它的头
说，阿弥陀佛、阿弥陀佛。

投完食，要走了，它还在我身边逡巡。我觉得就这么
走了好像太淡漠，可是，我也得吃饭了。而且，我不是每天
都来吗。我就又摸摸它的背。心想，拍个照吧。好像拍了照
就能把它带进相机，随我而去。于是拍了。拍得不好，是夜
里，四周很乱，也没调角度，脸都没拍到。拍完，我像完成
任务似的，心安理得走了。它又送了几步。

没想到，它这么快死了。今年最寒冷的时候还没有来。
北京的冬天冷。吃得胖的猫，也许能躲过。瘦的就难说了。
它就算活着，能不能挨过这个冬天也成问题。

现在，不成问题了。它是有善根的猫吧。这样早早脱离

畜生道，也许不是太坏的事情。再或者，它根本就是舍报的菩萨，来向我开示无常的谛理。

冬天来了，老太太给猫做了几个窝。也不知能不能顶住寒天霜冻。有些猫大概会从哪里钻进无人的地下室。不知它们都会活得怎样。也不太想知道，也有点怕知道。人固有一死，猫也固有一死。猫无法主宰自己的命运，人也一样。人与猫，不过是各自在世间完成使命。愿花猫往生净土。回到家，诵一遍《阿弥陀经》，暂时了却这一世我与它的缘分。

冬至碎碎念

几周前，喂猫老太太说，她下周一做手术，心脏手术，提前给医生塞了五千块。"不塞红包也会好好做。"她说，"塞了更放心。"

她问我能不能晚上早点儿喂。天黑得早，我晚上出门吃饭，天就黑了。她还叮嘱了谁早上喂。她说一周后回来，"医院床位不够，做完手术，最多三四天就让你出院。"

后来的一周，我频繁去看，食碗里的猫粮甚至比以前更多了。我和别人不约而同增加了喂量。有只小猫，老太太叫小馋猫，只吃我喂的猫粮，是超市买的，贵一点。老太太总趁搞活动在网上买，便宜，没那么好吃。如果我没投食，小馋猫就不吃。

有时候我出去和朋友吃饭，回家晚，小馋猫就扛着。哎，为什么要挑食呢。真不是只修行的猫咪。

一周过去，没有见到老太太。想发微信问问，也没有发。之前帮她上网买猫粮，加过微信，她还让我帮她换头像，换了张在俄罗斯旅游照的。她爱唠嗑，喂猫碰见，逮着我唠个不停，操心我的人生大事：结婚，买房，等等。不单我的，她操心很多人的。许多事情她会重复讲，后来我就总是借机溜走。

依然有人给猫弄水。我是只喂猫粮不弄水的。春节要回家将近一个月，但愿另一位喂猫的能在这里过年。

今天冬至，喂猫又碰见大黄，喵喵地跟我打招呼。小馋猫也在。它很机警，从来不许人摸。稍微离近一点，马上跑掉。机警点儿好。流浪猫就该机警点儿。不然容易被渣人骗。

中午去食堂。平时都是吃米饭，去了发现，窗口换成了饺子。平常每天中午都在他家，他家今天换成饺子，我一愣，就跑别家了——还没做好吃饺子的心理准备。

要了盖饭，坐下，桌子少，人多，旁边坐过来两个男生，聊起过去的学校。一个问，你以前的学校吃饭多少钱。答曰，九块。又补充说，顶配。另一个说，他们学校，十一二块顶配。有钵钵鸡还有什么来着，说了一串，我没记住。

九块顶配的同学，老早吃完了。另一位吃完最后一个饺子，起身就走。曾不吝情去留。也不歇歇打打嗝、摸摸肚子。他们没肚子，年轻。吃饭、上厕所，都快。

我的生活，怎样才算顶配呢？假如一天没有什么坏消息，做了功课和工作，天没有雾霾，觉睡好了，就是顶配了吧。

今天，翻译韩愈的诗。《秋怀十一首》，写得真好。翻译不容易，只能尽力而已：

> 离离挂着悲伤，
>
> 戚戚抱着虚警。
>
> 白露泫零秋日的高树，
>
> 鸣虫哀悼寒夜的凄冷。
>
> 怯懦地敛退在书斋，
>
> 忆念起当初的勇猛。
>
> 谦愚通往平路，
>
> 长索汲向深井。
>
> 浮名令人羞耻，
>
> 薄味堪自庆幸。
>
> 也许能少些怨悔，
>
> 在这里隐去光影。

晚上要了饺子，牛肉馅的。十二块，吃不出来是顶配。也不需要顶配。

吃完刷手机，旁边坐过来一个师傅。过了会儿，对面又坐来个师傅，端着一盆饭菜。真的是一盆。饭菜并不好吧，可分量真不少，顶我两三顿。

我有点惭愧。自己干活不多，吃得倒比人家好，还要搭配一杯水果酸奶。他吃了几口，从怀里掏出个东西。我怀疑是酒，偷瞄一眼，真是。他拧开喝了一口，放下边了。我猜食堂有规定，不让师傅喝酒。平常，我不随喜别人喝酒，但这会儿，挺希望他喝点儿。他对另一个师傅说，吃完就回去，今天提前下班，都没什么人了。

也是，过节了。

他真的慢慢把一盆炖菜吃见底了。我有点欣慰，也有点心酸。就离开了食堂。路上唱起了佛号。我喜欢用过时的老歌调子唱，去时用的《虫儿飞》，回来时是《明天会更好》。路过猫食碗，拐去看，已经吃掉了些。我又添了两把。

希望老太太好好的。

猫菩萨

昨天上午，在外面办事，接到喂猫老太太两个电话，有个流浪猫掉到负二层了。

饭后回来，喊老太太去救猫。她要先去工程部。我以为是拿钥匙或者工具，原来不是，她是想找师傅带路。工程部说，上午不是带您去了吗？老太太说，去是去了，猫没抓着就走了。工程部说师傅抢修下水道了，让找物业。老太太很不高兴，说就是物业让找你们的。工程部跑隔壁问，又打电话，还是抽不出人手。我说咱俩就行。老太太说不行，你对路不熟，又说自己上回差点死在里面。实在没办法，她对工程部说，你给我拿个粉笔，我要做记号。人家没有粉笔。她又说，那你给我个别的笔。人家说，楼里不能乱涂乱画，给了一卷胶带。

老太太跟小区很多人熟。路上碰到个清洁工大姐，她让大姐带我们下去，大姐走不开。老太太又找小赵。小赵是个男保洁，没有五十也有四十好几，正擦垃圾桶。小赵说，得干活，还得拍照。老太太求了半天，他还是去不了。走出十几米，老太太抱怨说，求他帮个忙百年不遇，他还不给帮。说完又停下喊：你就跟我下去一会儿行不行？我谢谢你了，谢谢你了啊。小赵到底还是来了。

从 19 号楼下去，我马上发现老太太的明智。倒不是怕迷路，是这地方有点恐怖，像鬼片。打开手机照着，楼梯道堆满垃圾，废弃已久。摸索到负二层，推开门，地上浅浅的积水，房间错综宛如迷宫。我想，要是谁杀了人，躲在这里，恐怕一年都不会被发现。没有任何光，乱七八糟的电线、网线支棱着，也不知道有电没电。

阴森森的隔间成列，里面有床，居然曾经有人住。大半盒电蚊香片，地上的碎玻璃渣和钉子扎进了小赵的布鞋，墙上贴着《中国电视报》，我特意看了日期，2017 年的。离开那间房时，小赵把墙上挂着的镜子摘下来，镜面朝下盖在桌上，我以为他嫌挂着不吉利，容易被镜子里的人吓着，随即明白，他是要带回去自己用。

又转进一间房，手电照过去，墙上海报是纹身，不知男女，裸露着背和半个屁股，看圆臀像女人，穿着男牛仔裤。另一张海报写着 WHAT'S ON A MAN'S MIND，黑白男人的头颅，胡须茂密，留白部分勾出个裸女，阴部是男人眉毛，底下是粉红碎花壁纸，海报耷拉一角。地上倒着酒瓶，桌上酱油还剩小半瓶。四周阒寂，只有老太太"咪咪""咪咪"的唤声。

猫叫声忽然传来。一瞬间，我几乎有点崇拜老太太——关于流浪猫，她什么都知道。她并没有亲眼看见猫掉下来，但她就是知道，而且还知道是被大黑子欺负追赶掉下来的。大黑子是另一只流浪猫，很凶，鼻头下面一个黑点，老太太说像"小日本"。

循着猫叫声摸到一个房间，终于见到黯淡的光。狭窄的窗户外是逼仄的甬道，猫从十米高之上掉下来，抬眼看，是一楼的地板。

老太太嘱咐我和小赵不要近前，她凑到窗口，举着猫粮瓶呼啦啦摇，喊"咪咪""咪咪"，又把猫粮倒在小碗里。是只小狸花猫，喊了半天都不动。我有点怕小赵着急，担心他会不会被罚钱。老太太倒很耐心，慢慢诱狸花猫过来，那些猫本来都不怕老太太，但现在，这只被吓着了。许久，还是凑过来吃猫粮了，真是饿了。正吃着，老太太一把揪住它的脖颈，拎了起来。还说，拎猫就得拎脖子。我想起欧阳锋好像就这么拎过灵智上人。

我让老太太上去，袋子我来拎。可她偏要我打开袋子，拿出里面另一个布兜，把猫放进去。又喊小赵来系。小赵还没过来，布兜就撑破了，猫跑了。消失在黑暗里。

再怎么唤，都没声了。寻找中，发现一个房间，地上有坑，下面是污水系统。不知道多深，人掉进去恐怕要淹死，更不用说猫了。我们唤了半天猫，再也没有动静。留下些猫粮和水，无功而返。

上去后，绕到猫掉下去的地方，从外面看，什么都看不到。又进去，从楼梯间搬了个梯子进来。梯子有三米，但还不够，这里离地面有十米。老太太说，猫摔不死。猫如果找回来，沿着梯子，能跳到负一层。我推开负一层的门，走廊里有灯，衣服晾了一溜儿。隔间正好有人出来，看穿着，像房产中介或者物业人员。

我有时候从外面走，偶尔能穿过缝隙看见地下一层，有女孩在写作业，是打工子弟吧。这是第一次从里面看。整个楼层都是洗手间的味道。见人来，我们就出去了。老太太说，明天再来找吧。到晚上，又碰见她，天冷了，她要给猫窝搭上门帘。

夜晚，我写《出曜经》的文章，弄到一点，平常十一点就上床睡了。念完课诵，睡不着，一闭眼，就想起负二层的暗无天日、幽深无盖的下水道。

平常看到猫咪在外面晒太阳，有时候甚至觉得做个小动物也挺好，蛮自由，现在总算知道了，可千万不要堕入畜生道。在地下二层的黑暗里待一夜，我绝对会崩溃，更别说猫。假如不是老太太发现，猫根本没有出来的可能。折腾过了两点还没睡着，担心猫淹死。流浪猫有种种悲惨的死法，但迷失在黑暗幽闭的地下，怎么都走不出来，又掉到污水系统淹死，实在不敢想象。

今天早上，打老太太电话，没接。睡完午觉，看见老太太曾打来微信通话，拨回去，她说，猫自己跳出来了。不知道是跳到负一层被人送出来的，还是直接凭梯子跳上了地面。我很高兴，念了一遍《阿弥陀经》。今天正是观世音菩萨出家日，感谢观世音菩萨。

行客

食堂是世上唯一没有悲伤的地方

2008 年毕业后，在郑州一家民企干了两个月。老板是个从军队退伍的糙汉子。公司只有几十号人，倒也弄了个食堂，饭菜都是自己打，有人总是打很多，吃不了倒掉，一点也不心疼。有个同事矮胖敦实，每天晚上吃很多，还要打包一份走。后来知道，是带给他对象吃。

晚餐是韭菜包子，山药烧肉，粥里还撒了枸杞。这种壮阳的菜很坑单身汉，我就问，谁定的菜谱。同事说，老板亲自定的，很养生。一个多月后，我离职考研去了。

读完研，到北京工作，副部级事业单位，两三千员工。单位很光鲜，70 周年庆典还上了新闻联播。我的工资倒很寒碜。一月两千多块。搁外面吃不起，只能经常吃食堂。两块一顿，汤免费。半人高的桶，桶底摊一薄层米，或者几片梨，稀汤寡水，打汤时能当镜子照。有一回，我前面那位盛得太满，盛完发现只有汤没有米，把舀子伸到桶底呼啦呼啦搅了半天，舀上来半勺，撅着屁股对着碗咕嘟两口，再把米磕进碗里。打菜师傅掌勺水平很高。水煮牛肉，看着全是牛肉，师傅一勺子抄进去，再往餐盘里一焖，发现全是豆芽。当时穷，只能优化食谱，本来想吃肉夹馍，考虑再三，把肉优化掉，吃了个馍。

上大学的时候，不爱吃食堂。中山大学别的还行，就是食堂太烂。外面倒是有很多好吃的，小北门、下渡路、滨江东路都有不少。导师很不建议去小北门，说不卫生，容易传上乙肝。但学生穷，常去那儿。快毕业的时候，我喜欢跑很远，到樱花街吃都城快餐，樱花街是个好名字。听起来迷人。下渡路还有一家君城快餐，手撕鸡很好。鹭江地铁站对面有华辉拉肠。在广州，十步一家快餐厅。在北京，经常吭哧吭哧走了两个地铁站还找不到适合一个人吃饭的地儿。离开广州后，很少吃拉肠了，在北京尤其是望京时，常去粤菜餐厅，要个老干妈炒牛河、一杯丝袜奶茶。

我在中山大学时，春晖是最烂的食堂。倒也偶尔有过好吃的时候，那次，冉同学说春晖二楼新开一家，菜挺好，我们打三国杀的小分队浩浩荡荡开过去了。确实好，三块钱的肉比小炒窗口十块的还多，鸡蛋汤免费，菜是现炒。吃完，对老板娘说非常好，下回叫别的同学也来。可惜没过两周，窗口就不见了。被吃垮了吧。

在春晖，汤有两种，紫菜蛋花汤五毛，排骨汤一块。排骨汤都是骨头，没肉。不过，我们班一个娇小的姑娘去，就总能从师傅那儿接到有肉的排骨汤。有个高中同学在广医，跑到中大找我。带他去春晖吃了一回，他说食堂不错。我说怎么可能，他说，你没发现，3 号窗口那个至少 9 分？

本科前两年在珠海校区，有个餐厅叫岁月湖。那时候，一月生活费四百块。每天晚上去图书馆自习，如果觉得学习有成效，就会犒劳一下，去食堂买个面包或买瓶维他奶，坐在岁月湖旁边的长椅上静静地吃。珠海空气很好，湖水也清澈，月亮倒映在湖里，被突然跃出的鲤鱼打碎。

似乎是大一的冬天，睡醒午觉，天已经黑了。食堂清桌子了，我打了饭，窗口的小姑娘输了一块钱让我刷。我说，错了吧？她说，你刷呀。我说，怎么才一块？她说，让你刷你就刷呀。好多年过去了，我吃过种种食堂，但是忘不了她。

补记：

2016 年，我辞了职，搬到传媒大学外面。慢慢又去学校吃食堂。过了七点，学生一般都吃过了。炒菜师傅、勤杂工的孩子放了学，开始在食堂吃饭。匆匆吃完，在昏黄的灯光下写作业。

他们跟学生说普通话，自己人说方言。大人在学校打工，孩子也跟来上学。坐在我旁边写作业的，是个小女孩。大约三年级，学的是圆柱体体积。成绩不错，6乘以6再乘以6，马上知道是216。

她爸从窗口底下钻出来，拿了瓶黄桃罐头。立刻有两个小男孩跑过来。她爸叉了一块，送到一个男孩嘴里。女孩撂下笔，张大了嘴。她爸给另一个男孩夹了两块，放进小碗，倒了点汁儿，才看见女孩张嘴。她爸说，作业还没办完呢，先办作业。女孩噘着嘴缩回了头，继续写作业。

她爸很高兴，对小男孩说，今天英语考了一百，多奖励你一个。男孩吃完，把汁喝得一干二净，也去写作业。

姐姐写完作业，我还没来得及让道儿，她已经缩身从桌子底下钻出去了。等她从大人那儿端回一块黄桃时，弟弟老远瞪大了眼睛。她爸说：你吃了两个，你姐才吃一个，再吃一个不该吗？男孩说，她水比我多！女孩笑。

男孩跑过来，姐姐把碗底的汁给他喝。他喝了几口，装出要抢黄桃的样子。姐姐笑。当然，他没真抢，又回去写作业了。

我看看手机，已经八点了。想起自己只在很小的时候，才为一口罐头这么开心过。当时父母在上班，单位还没倒闭，一家三口挤在二十平的小房间。有次吃饭，一粒米掉在地上，三岁的我捡起来塞嘴里，父亲说别吃了，脏了。我说，粒粒皆辛苦。

很多温柔是陌生人给的

　　八岁的小外甥来抢我电脑玩，我腹黑地给他打开了数独。"咦，数独！"后面有个小孩的声音。我扭头看，是外甥带进屋的一个小家伙，大概十一二岁，胖胳膊胖腿儿，穿了一身红：红汗衫，红裤衩，红拖鞋，腕上还系了红绳。汗衫裤衩上印满了"吉祥如意"和篆字的"龙"。

　　大热天穿这么红也不怕上火，偏偏他还长了张四喜丸子脸，喜庆得像过年。四喜丸子看到我的 QQ 有三个太阳，顿时崇拜起来。

　　他待了会儿，见我一直玩数独，觉得没意思就走了。他走后，表姐对小外甥说："这院儿里小孩都不跟他玩儿了，就你还跟他玩儿。他啥时候开学？"小外甥说："他不上学了。"我惊讶，问为什么。表姐说他得了骨癌，家里钱都花干了。

次日，我正上网，小外甥鬼头鬼脑来蹭我，伸出小拳头展开一张小纸片，歪歪扭扭用铅笔写着两行数，模糊不清，让我帮他登录。我照着输入，登不上。小外甥跑出去，过了会儿又跑进来，递给我描过一遍的密码。

我看见四喜丸子的大脸贴在玻璃门上，鼻子挤成扁平，朝里张望。我朝他招招手，说进来吧。四喜丸子推开门，龇着牙。他天庭饱满，耳垂宽大，嘴唇厚实，按过去的麻衣神相，是寿者相吧。

他背出密码，终于能登了。四喜丸子对我家小外甥说："这个号给你了，你把名字改了吧。"我一看，他的昵称叫"明天会更好"。我愣了会儿，说："名字起得好。"他嘿嘿一笑，露出大牙花子："俺的病快好了。"

五年前，大学毕业，我作为班里唯一既没考上研又没找到工作的人，面对即将来临的漂无定所的日子，居然没有不安和焦虑，还成天关心中国能否在奥运会上多拿几枚金牌。

两个月后，我回到老家，又去郑州找到工作。8月4号傍晚，到单位报到，人力资源部的同事带我到宿舍，给了一把钥匙，就撂下我走了。宿舍空无一人，天黑了，而且居然停电！我满心想，待会儿别的同事回来，见屋里有个不认识的人在黑暗里坐着，会不会吓一跳，会不会报警？还想，要是会抽烟就好了，可以在黑暗中看指间的火光明灭。

不久，回来个同事，问了我的情况，热情地带我去办公室。宿舍离办公室十分钟，他一路对我说公司有多么人性化，同事多好相处，告诉我附近哪儿有超市，哪家馆子便宜实惠。到了办公室，他打开电脑，给我演示 OA 系统，教我如何操作，如何办公，如何写工作日志。他还打开相册，给我看不久前单位组织的漂流，告诉我公司就像个大家庭，很温暖。我暗暗决心回头和他多来往。

第二天下班，回宿舍没见他。问别的舍友他去哪了，什么时候回来，他们淡淡地说：他离职了。

我早已记不起他的名字。后来和同事慢慢熟了，一度觉得交情还不错。假如当初没有辞职，也许不久就会在单位内部解决个人问题，那家公司为留住员工，提倡"内部消化"。只是，我还是不甘心就那样待在郑州。那些天来，每天早上六点多爬起来转一个多小时公交到中孚大厦，给前来上课的老师端茶倒水，跟着市场部经理拎着小礼物和购物券跑各个中学，给老师送，为了让老师把学生推荐到我们的辅导班。我不是做市场的料，于是在一个走出学校大门的雨天，对市场部经理说，下个月要离职了，想考研。离开后，一开始和同事还偶尔联系，半年后就再无往来了。在许多一度很熟的朋友交情也渐渐被时光冲淡揉平后，忽然想起那个仅一面之缘的室友，竟宛然亲切。

旧年夜的卖唱人

　　望京地铁站凯德茂门口，有一个卖唱人。每天晚上八点准时在，光着脊背，零下八度的气温。旁边搭一件大衣，没见他穿过。他一头长发，一副破锣嗓子。我从没给他投过一块钱，主要是觉得太哗众取宠，乃至如果我走近丢下钱，也会显得哗众取宠。

　　虽然我也想听他的歌，但不好意思驻足，驻足又不给钱，总不大好。我想最正确的方式，是从旁边路过，装作什么也没看见，什么也没听到，把他和他的歌声当成毫不存在的空气，才是在这座城市生存必需的法则。

　　昨天晚上，出去吃饭，风特别大。回来路上看见一个老乞丐，躺在路边，盖一套破棉被。离老远，我掏出钱包，摸出五块钱。如果走近再掏钱，会略显尴尬。我不想停留。不过那时候路上也没有行人。他面前摆只铝盆，干干净净，没有一毛钱。不像别的乞丐，碗里还有几张一块的票子，像药引子。我把钱丢在碗里，立刻觉得不行，风会刮走的。这时发现老乞丐并没睡着，他睁着眼睛。我说，你拿着，风大。他从被子里伸出手，接过钱，身子微欠，我知道是在表达谢意。

曾经在什刹海的凉亭歇脚，看见两个孩子就是这样成为朋友。他们的家长也在凉亭坐着，他们一起玩。过家家。小男孩对小女孩说，要吃饭，要睡觉。小女孩就做出吃饭的样子。小男孩说不行，你抓的是空气，怎么能只吃空气，会饿死的。说着跑到苗圃揪一把草，塞进嘴里，说要这样吃。嚼了两口，吐出来说，要吃，但不能吞下，不卫生，会生病的。吃了草，生了病，全身的细胞都会坏掉。

小女孩痴迷地看着小男孩，崇拜他渊博的学识。然后从他手中接过草，嚼两口，吐出来。不到十分钟，两人就从不认识变成了很好的朋友。到家长喊着离开，还依依不舍。

在我现在的年纪，和一个人成为好朋友需要十年，或者更长。不过，时间的长短倒无所谓。彼此成为朋友，只在于相互的领会。小男孩告诉小女孩，不能吃空气，要吃草，但不能吞，不卫生，小女孩瞬间就领会了。我把钱递给老乞丐，他也瞬间领会了，风太大。他微微欠身，我领会那是表达谢意。我们看不清彼此的脸庞，没有光，也没有言语。但黑暗与沉默不成为隔阂。

今晚，在 KFC 吃晚饭。从夏天吃到冬天，才发现饮品比原来少了好多。原来大杯，现在变成了小杯。我是在连着好几次吃完发现很渴的时候，才察觉杯子小了。商人就是这么精明。在你没留意的时候悄悄偷换了你的生活。时间也是这样。平时不太在意时光的流逝，直到一年的最后一天，才发觉好多心愿没完成，好多事情没做。

于是起身，推门，走向零下八度的黑夜。不能再坐下去，朋友圈已经刷过好多遍了。凯德茂负一楼鼎沸的人潮、温暖的空调，总让人忘掉真实世界的寒冷，于是起身穿过 UGG 张贴着顾长女模的橱窗，置身于凛冽的北风里。

没有钟声，没有烟花，我忽然想起卖唱人。想听他的歌，他的破锣嗓子。我鼓足勇气，不再惧怕哗众取宠，要给他的吉他袋里放进一张钱币。我暗暗下决心，要勇敢些，告诉他，"新年快乐"。可惜，在这旧年的最后一夕，他没有来。

落子无悔

　　小区健身器材旁，有一块象棋盘、一块围棋盘。我散步到旁边，一个老头问我：这是什么？我说，五子棋。他说：来，你先走。

　　我本来只是路过，见他那么说，就下了个子。老头棋力不错，设了几个陷阱，他都避过去了。"我下得不行，瞎玩。"老头说。

　　我正想，棋一时半会儿是结束不了了，老头忽然说：小伙子，会下象棋吗？我说会。"走，咱下象棋。"

　　没办法，硬着头皮下。老头边摆棋边说："我下得不行，瞎玩。"

　　老头棋力很行，攻得很猛，只一会儿，我就被动了。老头哼起了小曲。我皱着眉头思考，老头说："小伙子，家哪儿的？"我说河南。"河南？好地方。""您下得好。""没有没有，我下得不行，瞎玩。"老头很高兴。

走了几步，我更被动了。盯着老头那边，看能不能以攻为守。老头说，"往哪儿瞅呢？甭往这边儿瞅啦，先顾家吧！"

老头手机响了，老伴问他豆腐买回来了没。"我杀棋呢！一会儿就回，一会儿就回！"

挂掉电话，我进攻了。老头不搭理我，想早点把我将死。我棋力也不差，走了几步，老头没将死我，自己被动了。

"不好，不好喽。"

我想笑，又怕老头看见。等老头说"我下得不好，瞎玩"，老头也不说了。

又过几步，老头的棋救不活了，老头看了半天，总结道："我走错了一步棋，所以呢，这一盘，也可以说算你赢了。"

又说："象棋这东西吧，就讲究，落子无悔。"

春光正好。

寒夜打车

从零上 20℃ 的汕头回到零下 10℃ 的北京，起飞前已经被朋友圈震慑住了。都说，这是二十年来最冷的冬天。

我只有一件羽绒服，一条秋裤。好在不用坐摆渡车。打车也很顺利，半分钟不到就有人接单了。

我让师傅在门口等我。出了 11 号门，打电话给师傅，他说楼上不让停车，他到地下一层了，让我下去。又重新过了小安检，下去，出门，空荡荡的，根本不见有车。

打电话给师傅，他说在 B 区，我说我这是 D 区，你开过来。已经冷得受不了了。半天，空荡荡的通道里开来一辆车，走近了看，颜色不对，牌号也不对。又给师傅电话，师傅还是说在 B 区。

看地图，车压根儿没动。我说，车怎么不动？他说，在动啊，找不到你。我说，手机上显示车根本没动。他说，堵这儿了。地下一层空荡荡的，一眼望去，根本没人。我说：你是在地下一层吗？他说：不知道，可能不是，你上来找找吧。

我明白了，这哥们儿要我呢。大概接单太快，接完发现不够远，后悔了。

挺生气的。点了取消，选择"司机找不到地方"。又回大厅，上电梯。继续下单，再也没人接了。

只好出门，排队等出租。在队伍尾巴处，被一大爷拦下，问我坐不坐车。他戴着帽子，从边沿露出的白发上，看得出年纪不小。要是个中年汉子，我就不搭理了。

我问：什么车？他说：出租车。我有点犹疑。出租车不可能不排队。他看出来我的犹疑，说是滴滴。

我知道是黑车。黑车不黑车这时候也不重要了。天太冷，我想早点回家。

我边跟他走边问：怎么计费？

打表啊，他说。

打表？怎么打？

滴表啊，就是滴表。

说打表我能理解，说滴滴我也能理解，说滴表，我就有点不理解了。

滴滴总得用软件下单吧？我就说，你直接说多少钱吧。

他问：你去哪儿？

噢，对。我报出小区名字。他手机查了下：三十公里，两百一十八。

我扭头就走。

搞笑呢你。打出租也就七十。

我没说啥。也没必要说啥了。

走进浩荡的队伍。看那么多人在寒夜里打车，突然觉得不像朋友圈传说的那么冷。

也许是气的？

但这一点气也慢慢消下去了。那老头儿不住地问人坐车吗，没谁搭理他。

排了将近半小时。一辆辆出租车缓缓开来，载走一个又一个旅客。

人在世间都是旅客。就这么鱼贯地离开。

指挥人员披着厚厚的军大衣。大家都冷，何况我还有帽子。虽然薄，聊胜于无。虽然排了长长的队，除了接电话的人，没有谁再玩手机。老天爷就是牛。

终于把我鱼贯到了最前面。我对这寒夜的长队没有一点依恋。这时候倒像个修行人，出离心杠杠的。寒夜浩荡的长队，不就是轮转的三界吗。

虽然一秒钟也不想多待，可临去时，还是忍不住回头望一眼。老头儿还在。他朝一位女士搭话，人家摇摇头走进了队伍。队伍里的人来了又去，我也从队尾排到了队首，他还站在寒风里。

我们漫长的等待还有希望。他有希望吗？

又想到帽子边沿露出的白发。"滴表"，"两百一十八"。

众生皆苦。

坐上出租，我忐忑地报出小区名。小区在东五环。几年前住望京，不太敢叫出租，因为离机场太近。有的师傅一听就骂：×，排了仨小时队，拉个望京！

东五环比望京远不到哪里。打车到 T3，也就 60 块，T2 远点，70 多块吧。

这位师傅没有骂。他在听单田芳。我说出小区名字，他重复了一遍，就发动了。

我有点感谢单田芳。

一路无话。机场第二高速上，能看见一座彩灯闪烁的异国风情小镇。风情是山寨的意思。它想营造静谧的氛围。可又有谁看不出那是冷清呢。很多表面光鲜的东西，内里脆弱得很。就像你看一个人觉得他坏，可他心里也很苦。

车停在小区对面的天桥下。我想给师傅一百块。一路想了好几回该现金还是微信。现金比较好说，因为找零钱麻烦，微信就显得刻意，好像在同情人家。

还是用的微信。

师傅说，谢谢您。

下车，上天桥。膝盖像扣了冰。脸像被什么挤着，摁得生疼。

世界还真是热胀冷缩。物理老师没骗我。

到楼下，前面的小伙子远远看见我，停在门禁那儿，帮我按住了门。

进屋，换了供佛的水，装了猫粮下楼。听说很多流浪猫活不过冬天。不能做什么，只有多抓一把猫粮，多念一声佛。

这么冷的夜里，猫跑出来吃东西都很辛苦呀。猫食碗的水早冻成了冰疙瘩。

喂完猫回到屋，才觉得是真回来了。

给父母群里发微信说：到家了。以前都是说"进屋了"。

想到佛般涅槃前对阿难说：你要以自己作为大海上的洲渚，以法作为大海上的洲渚，不要以别的作为大海上的洲渚。

避雨碎碎念

被突如其来的暴雨隔在路上，还是别有一番滋味的。

好在手机电量还有 35%，还有打开的《大乘起信论》可以看。

看得不是很有兴趣。佛经什么的，若非心血来潮，一般可枯燥了。

今天去八大处参拜了佛牙舍利。法师要我站他旁边，引导的人说，法师站前面，于是法师先看了。经过的时间很短，什么也没看到。出来后法师问看到没，才知道他也没看到。一起去的师兄，有几位看到了。法师没看见，是法师慈悲，陪我们一起看不见；我没看见，是自己福报不行。

反正，见与不见，舍利都在。佛菩萨也都在。

在避雨的小馆坐久了，煮面的大姐过来问我是不是吃完了。我有点不好意思。因为我是在外面吃完，回家路上为了避雨才进来的。我每天都在这里吃早餐，大姐们都认识我。过来问，并不是嫌我，是看我面前空荡荡的，怕漏了我的饭。我忙说吃过了。

《水浒白看》不久前上市，很多读者喜欢。我挺高兴。张仁和有一回在朋友圈发了几段话，说：有时候心想，如果还有一辈子，我就活成王路老师的样子。

我和他从来没有见过面。当时有点想把那几段话发在父母的群里。因为我的父母很期待我有像张仁和那样的生活：稳定、富足，在大城市扎下根来。我有一点心思想让父母知道，你们看看，人家还希望活成我现在的样子呢。然而，我还是没有发。

未来的日子里，我希望活成现在的样子吗？不知道。只知道，无论希望与否，这样的日子总归不会再有。生命一天天逝去，无论幸与不幸，都不能免于无常的迁流。唯愿众生离苦得乐。

昨晚睡前看小视频，有个叫 Jerry 的五岁男孩，打电话给警察叔叔说，爸爸说妈妈去了一个叫天堂的地方，他想要警察叔叔把妈妈找回来。

警察叔叔说，你给妈妈写信，系在红气球上，她就会收到。

几个月后，小 Jerry 又给警察叔叔打电话，说妈妈一直没有回信，看来妈妈并没收到。

　　很快，小 Jerry 就收到了妈妈的回信，还有警察叔叔送的很多红气球。

　　假如有来生，我就活成短片里警察叔叔的样子吧。

　　或者来问我有没有吃过饭的大姐的样子吧。

端午碎碎念

一个人在外面，节也不当节过。

没打算吃粽子，也没打算买粽子。到了六点，依旧出来溜达。沿着小区走，旁边是通惠河。空气好的时候，能望见国贸。

直接望天，有时候感觉不出来空气好坏。望望国贸，就知道了。今天没望见，觉得是中度污染。打开手机看，空气居然良，殊不可解。

日薄西山，就溜达到餐厅。是学生宿舍区的餐厅，饭便宜，饮料也便宜。

一家甜品店叫"快乐阿姨"。之前在朋友圈，看介绍学校美食的帖子，就提到快乐阿姨。第一次在这儿买杨枝甘露，一扫二维码，显示付款给"快乐阿姨"。

有个小伙子想买水果酸奶，犹豫着问：你们这儿水果新鲜不新鲜。阿姨生气地说，我就是不卖，也不卖不新鲜的，砸我的招牌！我笑。

我爱吃杨枝甘露。点一杯杨枝甘露，就想到观音菩萨。"瓶中甘露常遍洒，手内杨枝不计秋"。2016 年中秋节，我去通州光中文教馆听演讲，讲的内容早不记得了，只记得他给每人发了一张观音菩萨的卡片，还让大家用《一剪梅》和《上海滩》的调子唱《赞观音菩萨偈》。同去的法师听得哈哈大笑，但我那之后就常常唱它。唱了几年。

我看着快乐阿姨甜品店的杨枝甘露，心想：如果有大杯葡萄汁，是不是可以叫"大悲菩提"？如果那样叫，我是一定要买的。不过好像并没有。

很多时候，我要一杯水果酸奶，一个火腿焖锅。水果酸奶十六块，火腿焖锅十二块，吃得跟过年似的。

今天正吃晚饭，收到一位链家客户经理的微信，问我现在还考虑买房吗。那是一年多前的夏天，爸妈来北京，跟我一起看房子时加上的。我想回她"没有考虑"，往前一看，上次就这么回的，还是 2018 年，平安夜的前一天。

哎呀，她居然还没有删我。我就换了个表达，说暂时不考虑。她说，某小区有一套单价四万的房子，您来看看吗？可是我回得太快，她还正在输入，我已经说不考虑了。

我不是习惯拒绝别人的人。可这种事情也没有办法不拒绝。我也不想见到有情众生每天从事的工作要面对很多拒绝。可是没有办法呀，这就是娑婆世界。

正好是端午，给她发了个五块五的红包。她没有收，但看得出来很高兴，说也祝您快乐。

放下手机，左手邻桌是旁边超市的收银员。两个姑娘面对面坐着，边吃饭边看手机。一个在看剧，一个在刷朋友圈。

她们穿着短袖工服，也不说话。一人只吃一个简单的菜，好像是蒜薹炒肉吧，说是蒜薹炒肉，其实也没有什么肉。学校食堂嘛。对面姑娘额外添了个粽子，她对生活讲究一点，还戴了小巧的手表。如果不是穿着太朴素的工服，也会是校园打眼的风景。

虽然只有一个小粽子，也算是过节了吧。我虽然没有吃粽子，随喜别人吃粽子，也算是过节了吧。

七夕碎碎念

阳台钻进来一只壁虎。四周有纱窗，蚊子都进不来，不知它是怎么进来的。卧在一只旧盆里，盆是涮拖把的。

不知道它热不热，渴不渴。卧在盆里一动不动，还以为晒死了。踢了下盆，它就蹿起来。跑得还蛮快。我就放心了。

到了晚上，它还那样卧着，我又有点不放心，浇了一勺水，也不见它喝。都蒸发了。

上网研究壁虎喝不喝水，得出结论是，食物里的水，就够它用。可是阳台上连食物都没有，难道它吃土？

不仅阳台没食物，冰箱也没食物。但有盒冰淇淋。夏天买的。买的时候想，那么漫长的夏天，总有一天会吃掉。

可放到现在，还没来得及吃。不觉光阴如此迅速。空调还是要时而开一会儿，从 28.5℃ 降到 27.2℃，就差不多可以关了。这么精确，有点像林彪。

同样的温度，六月和八月就感觉不一样。一种想，今后会越来越热的；一种想，今后不会再这么热了。收起的凉席，也束之高阁不再铺了。束之高阁，就是放在简易衣橱上面。省地方。从"束之高阁"去猜，恐怕古人的房子也不大。

昨夜读井上靖《天平之甍》。过了十二点开始读，只是为了培养瞌睡。培养到两点还没培养出来。可见书写得好。中间暴雨霹霹滴滴下了一茬，有惊心动魄的温馨。

温馨是夜读。惊心动魄是听雨。入夜后、人定时，才好去到某个和现世有距离的世界。唐朝。长安，洛阳，大海上。一船人也不知能不能漂过去。漂不过去，就死了。死了也没有什么，春天花还是开，秋天花还是落。

一场夜雨，骤然拉回这个世界。知道往后再热也不会太热了。对那讨厌的热倒也不能没有一点留恋。想想对热的怨恨，也许不必那么多。也知道，明年它还会再来。就像一艘船沉入了水底，也还总是会有其他船渡过。人与人的命运，要说差别，也只是在沉浮之间。

书很恬淡。像散文，难得。许多人是倒过来，写小说，一句话一句话都是小说，一页一页都是小说，合成一本书，倒成散文了。井上靖反过来，一句话一句话都是散文，一页一页也都是散文，合起来，成小说了。

有些人呀，一生里，一件事一件事都很平凡，合起来看，了不起。有些人，每天都在做大事，霸热搜，上头条，合起来看，乏善可陈。

暑假了，学校食堂吃不成了。只有去远一点。路上碰到一个小朋友问家长：我背唐诗什么时候能背到诸葛亮呀？

到了商场，上五楼，一家花溪牛肉粉摊位，要了酸笋鸡肉粉。服务员说没笋了，要给我多放肉。还赠了酸梅汤。我在吃，服务员也在吃，她吃好大一碗，和纤弱的身子不太相称。

临走瞄了一眼，好大一碗竟然只有粉，一块肉也没有，一片菜叶也没看到。想到"遍身罗绮者，不是养蚕人"，真是个悲伤的结论。

来世的证据

　　每天清早，我在小区餐厅吃饭。餐厅不大，百十来平。有个老太太推着小车绕圈收碗碟。老太太不高，一米五左右，瘦削，因为瘦削显得干练，看上去七十多了吧。

　　第一次来吃饭的时候，抽了几张纸巾放桌上，她抓起来当成垃圾收了。从那以后，每次她过来，我都把纸巾捏在手里，或者放在碗边，用碗底压着一角，表示还要用。

　　有时候，她会指着对面的碗问我：他吃完了吗？那当然，人都走了。我说，吃完了。她笑笑，把盘子碗收了，再用抹布擦一道。有时候我刚吃完，暂时不准备走，正看手机，她就笑眯眯地问：吃完了吧？我点点头，她就把我的碗筷收了，用抹布擦一道。有两回听见打饭的大姐高声训斥她，她带着歉意微笑，什么也不说。

　　我不是每次都和她打招呼。如果我不想打招呼，她来收碗筷时，我就低头吃饭，不看她。我如果抬头看看她，就会打一声招呼。

今天早上，对面没有人。我的早饭是黑米粥、半屉素包子。半屉是三个，正好吃饱。我打好早饭，拽了几张纸巾，正准备吃，老太太走到我身边，说了句话。

"你说什么？"我仰起头。

"你把那包子吃了吧。"老太太指指另一张桌子。

喝光了的碗，搭着筷子。两个包子放在屉上。我明白了。谁要了包子，没吃完，剩下俩。

"不用，我够了。"

老太太就走了。小推车搁在那张桌子前。我扭头看，她把碗筷收了。两个包子还是囫囵的，如果倒进泔水桶，还真是可惜。

我不知道为什么她不吃。也许吃过了？也许餐厅规定不让吃客人剩的？

我确实不想吃。三个包子够了。另外，也不想吃别人剩的。不过，说是剩的，别人也没动。

不知道老太太要怎么处理。人恐怕已经走了半天，包子也要凉了。老太太端起包子，走向另一桌，搁在一位中年男子旁边。

"你吃了吧。"

男子赶紧摆手，很嫌弃的样子："不吃不吃。"

老太太脸上还是略带歉意的微笑，又推着小车收碗碟了。包子还搁在中年男子饭桌上。

她是为了谁呢？

为了自己？为了别人？还是为了包子？

要说为了自己，包子又不能吃到她肚里。要说为了别人，她也不是希望具体哪个人来吃，只要包子被吃掉就好。要说为了包子，包子也没有生命。被人吃到肚里，变成粪便，和直接倒进泔水桶，腐烂分解，也不知道包子更愿意哪一种。对包子来说，都一样的吧。

也许是为了做包子的人？

一只包子里，包含着重重无尽的心血：麦子是一粒粒从地里收割的，不知经过谁的手磨成面，辗转来到粮油仓库，再被餐厅采购，又被批评她的大姐和同事们擀成皮，馅儿是韭菜鸡蛋的，韭菜是地里一茬茬割的，鸡蛋是母鸡一个个下的。她们包好包子，清早五点多起来蒸，卖掉，端上餐桌……

可那些人并不知道。每个环节的人都得到了工钱。他们甚至看不见这只包子，更看不见包子被做好后直接扔进泔水桶的命运。

顾客是付了钱的。但也遗弃了它。也许是嫌不好吃，也许是吃不动了。总之，两个包子孤伶伶留在社区小餐厅的饭桌上。像对弃婴。

于是，这成为收碗碟的七十多岁老太太发愁的事情。

她是为了谁发愁？

说不清。可以说清的是，假如有人把包子吃了，她会开心一点。不管是谁。哪怕包子吃不到她嘴里。

她大概不希望看到，一些人曾经的付出，对别人全无意义吧。

想到个故事。刑场上，一批人马上要被枪决了。枪决前，都要脱掉外套。他们站在泥泞的地上。有个人，努力寻找一块干净的地面，好放他的外套。

外套扔在泥泞中，和放在干净的地面上，对他有区别吗？他马上就要死了。

可还是要去寻找一块干净的地方。

也许无论他把外套放在哪儿，别人都会丢进垃圾堆，或者焚烧掉。

也许，有人会要。

只是冲着这一丁点儿可能，就值得吧。

纵然自己不再在这世界上，纵然有些事情好像和自己绝无瓜葛，也还是不能不挂念。

这就是来世存在的证据吧。

岁末碎碎念

　　到年底，居然感冒了。说居然，也算不上，降了这么多度，一个不小心，感冒也正常。更何况，已经有段时间没感冒了，就算交个朋友，也该来造访了。

　　鼻子不适，影响心情，但这点儿不适，和娑婆世界的苦难相比，实在微不足道。

　　在餐厅吃饭，碰到个老大爷，不知怎么被对面桌的姑娘推销起健身卡来。大爷问哪里能洗澡，姑娘说，办了卡，可以到健身房洗，能天天洗，还能游泳、练器械。

　　老大爷不像是对器械感兴趣的年纪。比年纪更不像的是衣着。他说，不用天天洗，一月两回，就够了。在外面洗，一次二三十，问姑娘，办卡是不是划算些。

　　姑娘算了笔账，说不划算。在外面洗，一月两次，五六十块，一年也就五六百；办健身卡，一年得一千——

除非你想游泳，天天去，还差不多。

明白大爷不是潜在客户，饭又没吃完，姑娘就拉起家常。问几个孩子，大爷说两个，一个姑娘，一个小子。有孙子了吧？孙子两岁了。外孙更大，都十二了。儿子、闺女都在北京，一个在安贞桥，一个在什么地方。

过年跟儿子吗？不了，儿子跟岳父岳母过。

跟闺女吗？也不跟 —— 人家婆婆那边还有一大家子呢。

又说，他们都忙，我跟那儿捣啥乱呢。

又说，一个人吃点儿，喝点儿，挺好。

停了会儿说，好在现在还能动弹。等动弹不了 —— 再说吧。

姑娘说，有人帮您养孙子，挺好。

大爷说，是啊，我孙子有人替我养。

半天，突然骂了句"他妈的"，说孙子捣蛋，朝屁股拍一巴掌，丈母娘就不愿意了。

姑娘说，哎，是，现在的孩子，都宝贝。

说着就吃完了，临走补一句：得，办卡的事儿，我也甭帮您问了，您就在外面洗，还划算。

大爷点点头，继续扒拉浇着番茄鸡蛋汁的米饭。

这几天冷，不知道什么故障，网络坏了两次。每次都是从下午开始，到晚上还不好。给客服打电话，说不是我一家的问题，是区域问题。问什么时候修好，说这个说不了，已经在处理了，请您耐心等待。

几个小时修不好，有点儿急，忍不住又打。客服的答复还是一样，请耐心等待。还要为本次服务作出评价，满意请按 1。怎么按 1 呢，下午还能按 1，到晚上还不好，不按 2 就不错了。

等到临睡，已经过了 11 点，路由器还是不断闪着黄灯，烦，又拨客服电话。这次倒一下接通了，估计大家都睡了，客服电话少了。

突然想到，客服大概是 24 小时的吧，这么冷的天儿，这么晚还在当客服，也不容易。又想到之前听谁说，很多客服是残疾人，解决残疾人就业，一部电话，一台电脑，在家就能工作了。突然想到寒冬深夜向我道歉，说抱歉影响到您的体验的人，居然可能是残疾人，我一下子就难受了。于是电话通了，也不好再埋怨什么，客客气气地说，好，那就再等等吧。

去刷牙准备睡了。刷个牙的工夫，路由器居然变绿灯了。试试，网好了。看时间，已经接近零点。

一根线，放在那儿不动，久了就要老化，坏掉。一根水管，放在那儿，久了也要生锈，漏水。就像人的身体，变老，变坏，感个冒，发个烧，生个病，住个院，有时候一年就过去了，有时候一辈子就过去了。

无常侵袭万物，谁能晏坐家中享受一切的便利与顺遂呢。没有谁的生活不是在不断的修补中继续，坏了，修补，再坏，再修补，直到无可修补……像大爷说的，等动弹不了——再说吧。

只是，许多修补，并不是自己完成的。自己原本千疮百孔的生活，要倚赖许多人昼夜不息的修补，才勉强过得去。又有什么理由为别人的劳作心存埋怨呢。

初中三年级时，班主任教英语，人挺好，就是爱训学生。每周二上午最后两节，讲着讲着就放下书，训起来。有次考试后，让每个同学写心得体会，自我批评和反省。我写道：不好好学习，我对得起谁呢？对得起一天三顿饭吗？

写得很中老师下怀，接下来的训话中，被他点名表扬，说你们看看，王路反省得多好——不好好学习，我对得起谁呢？对得起一天三顿饭吗？

我在底下窃笑。心想老师也太好哄了。不过略施伎俩，投其所好而已——活着吃饭还不是天经地义？怎么就对不起呢？就是考零蛋，也该吃吃该喝喝呀。

这些年过去，我也差不多到了训话老师的年纪。看着一年又晃晃悠悠过去，到了年底，想想荒废的时日，想想未曾尽心尽力对这世间做出力所能及的修补，终于不免有些惭愧了。

雨横风狂三月暮

三年前的一天，我在楼下散步，一个推着助行器、几乎走不动的老头儿，对我说：看那车，看那车。

我心想，那车有啥好看，一动不动停在那儿。很普通很廉价的车。老头说：你看看车牌，看看车牌去。我去看了。

"是不是181？"老头问。

车牌末尾三位确实是181。我点点头。

"俺儿的车。"老头说。很高兴的样子。

过了会儿，他儿子来了，训他："咋又到处乱跑？摔住了咋弄！"边训边领回家了。

前一阵儿，县城封闭，城郊和临街门脸不封闭。有个老太太，蹬着三轮车，跑了十多里进城，车上带着方便面、火腿肠、米、苹果、肉、油，送到她儿子小区门口。她儿子有五六十岁？老太太七八十了。

小区不让进，也不让出。三轮车上的东西，在门口卸下，隔着栅栏递给儿子，也没法留吃饭，她又蹬着三轮回去了。

前几天，午饭后遛了弯儿上楼，有个老太太喊我，问我春辉住哪儿，我说不知道。老太太说在上头。又问我：你住哪儿？我说三楼。

"上去喊春辉。"老太太说。

"我不知道他住哪儿。"

"去呀，喊春辉。在上头。"老太太用头指指上边，喊："春辉！春辉！春辉！"

"你上去找他呀。"

"我走不动呀。我八十多了。"

我跑上楼敲春辉的门。敲了半天，没人开。

下楼对老太太说，可能没人。老太太说，也该下班了。那是中午十二点多。老太太又喊另一个名字，女人的名字。

喊了半天，我几乎断定楼上没人的时候，忽然下来个女的，说家里小孩闹，在洗碗，没听见。又问老太太要不要上去，老太太说不去了。她就没再勉强。

这周，小区终于解封了，疫情的结束还不知要到何时。我养成懒得出去的习惯，还是常在楼下转悠。还是常看到那辆白色的经济车，181 的，但一直没有再见那老头儿。

小满碎碎念

候补的票买到了。这月底或者下月初，就要回北京了。离开四个多月，养的花，恐怕这次真的要死了。流浪猫不知怎么样。18 号楼老太太的身体，该恢复得差不多了吧。

这次回家，县城变了不少。以前没有奶茶店，现在一条街好几家。我把那些仙草店也叫奶茶店。很多招牌上写着"半杯都是料"，甚至"一杯都是料"。其实料太多了并不好喝。

爸妈三天两头和朋友在外面吃饭，我懒得去，自己上街吃。要一份意面，餐具是一次性筷子。纸巾单买，一盒两块。从前，县城没人送外卖。现在，外卖也多了。

有天中午，出去买烧饼，路过大门，见一个大妈朝外喊：是给俺的鸡吗？是给俺的鸡吗？

外面停着一辆电动车，坐着戴头盔的姑娘，我明白，是送外卖的。姑娘说，是哩。大妈说：走，上屋里吃点儿？姑娘笑笑：不了。大妈又说，来呀，有鸡吃呀！姑娘摇摇头，打开箱子，拿出外卖，看包装像比萨。大妈一边说，真不上去了吗？一边接过来，忽然高兴了：哟，还热乎着呢！

睡了午觉，转过街角，去仙草店买冷饮。天热，路上一个人都没有。店里就一个小女孩。平常五六个店员的。可能都在午休吧。她家五一才开业，生意很平淡，跟步行街没法比。女孩正玩手机，见我来，问要什么。

她穿一件花不溜秋的衣服，身子骨很单薄，还没发育，描着重重的眼线，眼皮涂了紫色。我说，一杯芒果布丁奶绿，去冰。她说，去冰？怎么去？我说，就是去冰啊。她茫然看着我，说不能去。我说，在你这儿买好几回了，都是去冰。她又问，大杯小杯？我说，还有大杯小杯吗？她不说话了，扭头去看操作台的配方单，迟迟不知道怎么做。

是新来的学徒吧。这样的店，养五六个人，恐怕要赔钱。半下午了，单号才到04。我第二次来时，一个老板模样的人问：还要芒果布丁？我就知道她家生意不怎么样。不然不会记这么清的。附近都是饭店，没人来这儿逛。用本科时地理学院院长的话说，location（选址）不好。那是十几年前了，院长高升了，我也早毕业了。面前这女孩，那时候刚出生吧。可惜现在就辍学了。如果没辍学，该上初中了吧。

很久做好，接了饮料转出去。刚过十字路口，身后有人说话，周围没别人，我有点诧异，回头望望。果然，那人对着我说：有智吃智，无智吃力。

我明白他的意思——我是"吃智"的。大概吃智的人才愿意花十多块买一杯奶茶吧。在他的理解里是这样。他努努嘴：看那老头儿，这么大年纪了，还得吃苦力。他说的老头儿，光着上身，躺在路边板车上睡觉。我不止一次看见，平常路过，只有低声念两句佛号。

现在出门基本用不着现金了，不过我还是带着，碰见乞丐，给点儿零钱。但乞丐极少。疫情以来，就碰到一回，坐在路边，仰脸喝一杯小米粥。也不知道谁给的。

有天傍晚，我去广场，见一个矮小的女人号哭，看样子有些怕人，像精神病。我穿的短袖，很多人都是短袖，她穿的像破旧的薄羽绒服。有孩子打了她，她哭了。边哭边骂，骂得恶俗。是我小时候常听到的脏话，二十多年过去，早没人再讲那种脏话了，却忽然从她那儿听到。

打她的孩子七八岁，面相有些乖戾，人家让他道歉，他吵吵嚷嚷，还是道歉了。他道歉，疯女人哭得更凶了。像受了极大委屈。他玩儿了半天，疯女人还坐在台阶上干号，人家又说他，他跑去疯女人面前跪下，屁股坐在脚后跟上。疯女人哭得厉害了。他站起来走了。

　　隔了几天，去老广场，又看见疯女人。她捡了个矿泉水瓶子，很欢喜。也不知道她住哪儿，成天在这里游荡。天更热了，她穿的还是破羽绒服。

总是往事

下午刚上完写作课，凌晨 1:58，就收到一位同学的作业。也太快了！我明明告诉大家，写文章不要勉强，别熬夜。怎么就不听呢。

白天打开文章，刚看个开头，就有点无奈：课堂上讲过多少次了，开头要快，开头要快——前面 6 段，487 字，都还没有真正开头……还在给读者灌输大道理，人生哲学。

隔了一个白天，我回邮件："类似的情况，我上课讲过不少次。当然，我不是说，文章只有按照我说的那种写法才好。我只是怕你并不记得……如果你写的时候，很清楚这一点，而宁愿选择现在这种开头方式，也完全没有问题。如果那样，以后你的作业还有类似情况时，我就明白是你的选择，就不会再特别地提醒。"

说到"以后你的作业"，犹豫了一下，这是本月最后一次作业了。我怎么能默认人家继续上课？

很快收到回复："谢谢您这样耐心地提醒和鼓励，我记得了。这一篇我原本的意图就是写成一篇议论文……我下个月开始进入密集工作了，不能再上课了……"

不再上课，其实不必跟我说。别离是常态，没有谁会一直上下去。就是世间的朋友，也都这样，有一阵子很熟，又慢慢淡了。所以，我从不问老学员还要不要接着上。哪怕是我心中暗暗记得的"好苗子"，也绝不问。

但她主动说，我很理解。她是我印象深刻的少数学员之一。

三月底报名时，她转完学费，又多转了三百块，备注"随喜善知识"。我没有收，但一下记住她了。

本来很好的印象，某天突然有点动摇。那天刚起了床，打了坐，见她发来微信："老师，好像应该是嬴同或雷同。"

这啥？没头没脑的。我怀疑她以为我哪篇文章里的"类同"用错了，就问：你说的是哪里？

她没回。

过了一个小时，她丢来链接，是我的一篇文章，很长。我说，截个屏吧，不好找。

半小时后，她截了屏，屏幕上密密麻麻的小字，没有把要给我看的圈出来。我有点哑然。一般人当然无须考虑那么细，但身为创作者，你需要尽量理解读者、照顾读者。

她果然想说"类同"。我用手机辞典搜出"类同"，截屏发给她。

又没回音儿了。

六个小时后，突然收到她微信："老师，不知道为什么怎么都下载不了？"

"下载不了什么？"

又没音儿了。

我继续写文章。可实在没情绪。十多分钟后，我忍不住拿起手机："您说话说得不完整，别人很费解，需要把要表达的内容说明确。"

没回复。我继续写文章。

写着写着，我突然想：不会是她儿子在拿她手机玩吧？我把对话重看了一遍，越看越觉得像小孩。难怪。但后来知道，并不是她儿子，就是她自己。

过了两天，突然想，她不会是那个交了一篇优秀作业的同学吧？

已经要睡了，又赶紧打开电脑，翻出报名邮件。她交作业的名字和微信昵称不一致。查完，没错，就是她。我曾经不点名地批评朱自清的《背影》，说还没有很多网友写父母写得好，后来果然有读者质疑，我就把她写母亲的文章发给读者，说"有空可以看看"。

在我心里，她算是"好苗子"之一。这么说似乎不谦逊，她比我年长十多岁，是博士，比我学历高，在她的行业有积累，是别人尊重的老师。我虽然常说，写作班里很少有人最后能写出来——这当然也是铁的事实，但心里未尝不抱一丝希望，或者说，从来没有完全断绝这样的念想：也许会有那么一两个人，持续写下去，不管以后上不上这个班，总因为这机缘，得到一些写作的方法，最终在写作道路上走远。如果写作班到最后能有一个这样的学员，就很值得了。

身为作者，总希望自己写出好作品。见别人写得好，除了赞叹，也有不服，要暗暗憋着劲儿超过人家。唯独在看到自己的学生写出好作品时，很快慰。心想，把那些最好的合集出书，会比我自己的书还好呢！

随即又觉得太自以为是：人家能写出好东西，其实跟自己关系不大。每一个老师，都常常觉得是自己教得好。其实，好学生换个地方，换个老师，照样是好学生。

读初中的时候，有个语文老师，把"桎梏"念成"桎浩"，把苏东坡的"人有悲欢离合"背成"人有旦夕祸福"。我为什么到现在还记得？因为我常拿这个笑话他——当然绝不会让他知道，只是跟其他班同学聊天的时候，说"我们语文老师太次了"，然后举这两个例子。我当时背古诗词，看小说，不把语文老师放在眼里，觉得水平比自己差远了。

到了高中，新语文老师好像是全校唯一还是唯二的特级教师。我也没觉得教得好。他已经是老头了。学生上课，坐在第一排，《鹿鼎记》摊在课桌上看，他都发现不了。现在知道，是他眼花了。他念优秀作文，从来没有念过我的。都是些小资情调不痛不痒的东西。我憋着一股劲儿写作文，希望被老师当堂念，可是从来没有。直到高二的某天，老师让大家把《邶风·静女》翻译成现代诗。

我翻译好了，自认为再也没有谁能比我翻译得更好。但我总怀疑，是不是老师对我有意见，故意不念我的，于是交作文时，没写名字。

一周后，语文老师抱着厚厚一沓作文来了，激动地说：这次，我们班同学写得太好了。

班里一百多人，因为诗歌短，他要读的优秀作业有几十篇。他用方言读——年纪大了，学不会普通话，我的高中，老师都用方言——我在下面听着：就这也算好诗？

一篇，又一篇，再一篇，我没觉得哪篇优秀，跟我写的简直没法比。这算什么？我很怀疑语文老师的水平——他写七律，连格律都不懂呢，最后一句叫"北大清华任我选"。但不管怎样，我的诗，这次总归要在其中的。不然可就没天理了。

念完一篇，发下去一篇，我的迟迟没发到。讲台上的卷子越来越少。压轴了，我想。

果然，倒数第二篇，依然不是我的。我等着老师念我的。让同学们见识见识，什么叫好诗。

最后，老师说："还有一篇，也不错。不过，他没写名字，可能是不想让大家知道，就不念了吧。"

夏日的蝉很噪。阳光很晒。我放下手中瞎转的笔，看向窗外，云淡风轻。

后来月考，我为了回家看《红楼梦二十年再聚首》，考场上一小时就画完语文卷子交了，把监考老师震住了。那位老师也是语文组的。我交卷的时候别人还没开始写作文呢。

现在，写作班上，有不止一位学员是中学语文老师。在我还不知道她们的身份时，常说，我们要把上学时候学到的不好的东西扔掉，涤除干净。知道她们的身份后，还是这么说。我确实觉得我上学那会儿的高分作文，很假大空。据我不完全的观察，经常谈恋爱写情书的男女，是最容易被老师当堂读作文的。他们懂得怎样用语言哄男女朋友，也懂得怎么哄老师。我不屑懂。

现在，轮到我教作文了。我让大家先学着叙事，而不是大发议论。我在课堂上批评很多东西。不仅批评同学的作文，还批评曾经出现在语文课本上的"名篇"，批评获过重要文学奖的文章。说同样的素材，换一种处理方式，完全可以更好。

也许是我的狂言让她看不惯，也许是我对她作业的评价让她刺痛，她说："本应该感谢王路老师，但分明也同时感受到了一份痛恨——那是一种对戳泡泡人的痛恨。"

她是一位心理咨询师，业界有名。她说了"戳泡泡"外，又问了我一些如何议论的问题。我作答了。她再次礼貌回复并表达谢意。我要求每篇文章都写心得，她在心得结尾，以"另外还有一个感觉"开始，写了长长的一段。

这让我想到《红楼梦》里宝玉挨打的晚上，袭人见王夫人，要走了，王夫人突然说："站着，我想起一句话来问你。"

她说，那篇我在课堂上提到的"没有处理好"的名作，令她"非常受到打动，流泪，哽咽"。甚至她老公看了也有同感，那篇文章"非常严谨地吻合了情感因果的规律，因此，读者如果能够在情感这个频道上去看这篇小说，完全可以发现心与心可以在情感层面超越'自我'立场和经验去产生人性层面的共振……这正是这篇文章的独树一帜的美。所以当我听到王路老师讲这篇文章的时候，一下子觉得很好笑，就好像听一个情窦初开的少女和一个讲道理的律师对话一样，真有一种白天不懂夜的黑的感觉……王路老师对我而言不再是'全知全能'的了，但有了人味的老师，并没有丝毫贬低了善知识和君子的价值，唯一的变化是老师对我而言更可爱、更亲切了"。

每天晚上，我睡前都要读一段帕绷喀大师的《掌中解脱》。这一次，我看完她的邮件，起初也没觉得什么，关掉后，再看《掌中解脱》，却总是走神儿。老是忍不住想，到底该怎么回复。

我想告诉她，我讲的也不一定对，每个人都有不一样的体会，我只能如实说出自己的体会；我想说，每个人都有自身的局限，一个人的见解在别人眼里显得可笑，也很正常；我想说，这是基于我的阅读背景，每个人都有自己的阅读背景，文学和审美没有固定的标准；我甚至想说，也许你泪点太低了……

可似乎都不妥。好像是要尽力为自己辩解，开脱。倒有些可笑了。

即便她先前在邮件中说了，不能再上课的原因是"下个月开始进入密集工作了"，我却不能不暗藏心机地怀疑那多少源于她对"戳泡泡人的痛恨"。那种痛恨，对教写作的老师而言，不算激烈的批评，甚至还略带褒扬。可是，当她说到"白天不懂夜的黑"和"一下子觉得很好笑"的时候，我缓了缓，觉得报应到了。

我在课堂上怼天怼地，说某些名家名作不过一般般，这段素材也就 5 分，那段顶多 6 分。想到高中时，曾问一位同学：你觉得老师讲得怎样？他摆头看了一眼：她长得怎样？

3 分吧。

如果不是这位学员的邮件，我险些忘了那故事。

我好像突然明白过来，为什么高中语文老师从来不念我的作文。会不会是因为：我在高一开学的第一篇作文里 —— 写自己的初中生涯时，就提到了初中语文老师，说他把"桎梏"读成"桎浩"，不过，不是要讽刺，是想表达我的怅然 ——

中考时，我们全班几乎都在本校，只有我和其他班个别同学阴差阳错分到三小，带队的，就是语文老师，考完试出来，他问我：怎么样？我说不太行。他说：你不行谁行？

他说这话的时候，我们已经不再是老师和学生的关系。我从初中毕业了，他也不会再有机会给我上课。一瞬间，我突然想，要是他没教过我，我倒会觉得这人很不错。

我有一丝内疚自己评骘人物的苛刻。只有一丝吧。也许内疚中还藏着倨傲。于是，在高中第一堂作文课上写下这些，表达怅然。可我不曾想到：高中语文老师，那位眼睛花了的老头，在意的也许不是我的怅然，而是别的什么。

那年中考，我的成绩据说全县第六，在我们班，应该就是第一了。语文 95 分。我从未考过那么高。我忽然想，也许在我不知道的地方，初中语文老师会和人家提起我：

"那是我教出来的学生。"

广场舞碎碎念

疫情到了五月，我还待在老家，每天早饭后，去楼下乘凉。整个白天都热，只早上有些凉意。一位老得几乎走不动的老头和我一样，也每天早上出来。他老伴会推来一辆小电动三轮，把助行器放上顶篷，用绳子揽住，带他出去遛弯儿。

一次，老太太摸到老头身上装了烟，生气地没收了，拍打他两下：就管拿烟吗？老头太老了，老到不再适合抽烟的年纪。老太太打他，他非常高兴。一高兴，口水就淌下来了。老太太擦完，把卫生纸揪成一小段一小段，叠好塞他手里。

回北京的前几天，没见老太太了。老头一个人出来。他居然能靠助行器自己往前挪。邻居开门扔垃圾，正碰见他儿子买东西回来，打招呼时，知道老太太病了。

回到北京，还没那么热。到了晚上，我在小区看广场舞。一位女士也看。她坐着轮椅。不算很老，头发还没白。

她丈夫头发白了，坐在轮椅右边的长椅上。我没有表情，那位女士也没有表情。

有个两三岁的小女孩，从舞池爬上来时摔了，没有跌倒，只是想爬上来，没成功，硌了肚子，停几秒，哭了。舞池里的姥姥走出来抱起她，搂在怀里，不停拍打，好像能拍掉疼痛。

女孩哇哇哭。旁边来了人，拎着塑料袋。女孩扭头看塑料袋，忘了哭。看了会儿，回过神儿，瘪瘪嘴想接着哭，可是动力不足，就放弃了。

我喜欢看广场舞。在家时，广场跳舞的队伍很多。人最多的一队，领舞女人让我想起《红楼梦》的芳官。她长得没有芳官好看。发型像是宝玉让芳官冬天剃的那种——底下一圈削净，上面拢起来。可惜没到冬天，芳官就被赶走了。我不觉得那样好看。我小时候，理发师傅常给我理"茶壶盖"，除了没辫子，跟这种差不多。

在北京我住的小区舞池里，除了领队，总有一两个人跳得显眼。动作幅度更大，更迅速。别人扭腰，上下身扭成钝角，她能扭成锐角。腰像戈矛一样左右突击。

日常里，也是这样的人最引人瞩目。谁的行为尺度比一般人大，生活状态变化得快，谁就最显眼。

看她们跳广场舞，好像在看她们的生活，注视她们的人生。而我面无表情，似乎毫不在意的样子。我不知道她们各自从哪里来，跳完舞要回到哪里去。不知道谁住的是四室两厅，谁寄居在地下室。她们总在每晚七八点钟聚到一起，暂时成了一类人。等乐曲终了，又回到各自的地方。我们有情在这世间，也是一样，今生一起聚，来世各自散。醉时同交欢，醒后各分散。是的，交欢的时候，总是沉醉着的。

《红楼梦》里，惜春薄情，狠心赶走服侍她多年的入画。她对尤氏说："善恶生死，父子不能有所勖助。何况你我二人之间。我只知道保得住我就够了，不管你们。从此以后，你们有事别累我。"

这让我想起《无量寿经》："人在世间爱欲之中，独生、独死、独去、独来，当行至趣苦乐之地，身自当之无有代者……或父哭子、或子哭父，兄弟、夫妇更相哭泣，颠倒上下无常根本，皆当过去不可常保……或时室家、父子、兄弟、夫妇，一死一生，更相哀愍，恩爱思慕、忧念结缚，心意痛着，迭相顾恋，穷日卒岁，无有解已……"

正想着，忽然收到一位写作班学员微信："王老师，打扰了。他搬走了。"说的是她前夫。婚是去年离的吧。今年夏天，搬走了。她下班回家才知道。她交的一篇作业里，提纲上列了"孩子爸"。我看完说，文章没写。她说写了，在倒数第二段。我又看。写到雨后停单车，瞟到一个熟悉的身影，那人也瞟了她一眼，像不认识一样路过。她想到赵薇的歌："你有你的，我有我的 —— 方向。"

舞池里只有一两位男士。跳得也不如女士。他们年纪都蛮大了。领舞的要年轻些，可也不是很年轻。年轻人都在对面 —— 排队刷手机，等着领快递。

我也是年轻人。也有快递。但我没站在他们当中，我喜欢在这边，如果道路是一条河，我在他们的彼岸，看老年人跳舞。

我也喜欢看男士跳广场舞，尤其是孤伶伶的男士。在老家看到过。那人跳得不错。颇有韵律。但几乎没人跟他跳。我想拿起手机拍，又怕冒犯。我在他的侧面站了很久，终于拿起手机，这时经过一位拄杖老人，一步一停歇，刚好挡住了他。

写作班里，很多中年女士。她们的文章写得很好。女士往往比男士写得好。中年人往往比年轻人写得好。结了婚的比没结婚的写得好。前者的生活里，有更多复杂难陈的味道。

忽然想，也许很多人，并不是来学写作的。只是各有各的伤痕。

忽然想，也许我并没有那么喜欢看广场舞。虽然我天天来看。

左手边的女士要走了。她丈夫起身，拉着轮椅，缓缓退下台阶。

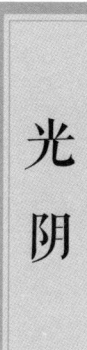

光阴

当你开始听不清
这个世界的声音

　　电梯在七楼开了，进来个老太太。她看见我就问："上次在楼下背包的是你吧？"我想了想，想起她来了。那次我和她一起上电梯，她问我："你住几楼？"我说："八楼。""几楼？""八楼。""噢，六楼啊，六楼几号？"我提高了声音说："八楼！八零六！"她说："六零四，噢，六零四。"

　　想起这些，我对她说，是我。她说："哎呀，你上次帮我把大包小包从三轮车上卸下来了，谢谢你呀！"我才知道她认错人了。但也只好说："应该的，应该的。"电梯到了一楼，她还不肯走，站那儿继续唠："那次拉了一大车东西，他才给我十一块！唉！我可怜啊！没人管，也没有退休金。"我不知她的遭遇，只好一个劲儿点头表示同情。

　　转出楼道，想起了爷爷。有好一阵儿没给他打电话了，随手拨了过去。他今年八十八了，耳朵从前几年就开始听不清。我说:"爷,我是王路。"他说:"是王路吗,你吃饭了没?""吃过了,你吃了没?""热,天热得很。"我说:"家里热是吧,北京也挺热。"他说:"我身体好哇,你别挂念,好好上班。"

奶奶去世后那几年,爷爷每天打麻将。后来,一起玩麻将的老人陆续走得差不多了,他也不打了,天天在屋里看电视。他喜欢看《还珠格格》《西游记》,百看不厌。最近几年,他连电视也不大看了,大概因为耳朵越来越背,听不清了吧。不过他的眼睛还很好,有时候会戴上老花镜看《中国电视报》。

我表弟的爷爷未过世时,我有次去他家,和他同看一页书,我看完了,问他看到哪儿,他指指,还在第一行。我那时候小,觉得不可思议。他不仅看报,还把报纸上各种有用的信息剪下来,一页页粘到本子上,"少量饮酒有益健康","艾草燃烧可以驱蚊",印象最深的一条是"自尿自饮使我走上健康之路"。他用针线把本子缝起来,防止脱页,还专门买个本子工工整整誊写自己的诗,连韵都不押的。

爷爷每天无事,坐在藤椅上。是在回忆往事吗?不知道。我去看他,他就一遍遍讲。说他上学的时候,有人要出一块银元找人打他,好心的同学暗中保护了他,他还不知道,一个人在寝室看书。人家进屋说:"老嗨嗨,你还稳坐钓鱼台哩！"每次讲到这儿，就从中山装的兜里掏出手绢，揩去眼泪。

后来大概我爸说他了，他就不好意思再讲。可除了那些往事，他又说不出别的。每天的生活只是重复记忆中的老故事，像电影一样不断反复。

人老了，脾气容易古怪。我爸常抱怨爷爷脾气越来越怪。也许是旷日持久的孤僻，让一个人离世界越来越遥远。当他无法再听清世界的声音时，就越来越浸淫在一个人的道路上，踽踽独行。

过年，我和父母去爷爷家，爷爷一般五点吃饭，我们家吃饭晚，过去时就六点了。爷爷没说什么，老朽的身体嵌在旧藤椅里。我妈和保姆老太太在厨房做饭，才听说，我们到之前，爷爷在屋里大发脾气。我们一进屋，他立刻不说了。

奶奶过世后，刚烧完五七，爷爷就和儿女们商量，说想找个老伴儿，他说的，是一位我喊姨奶的亲戚。全家人都反对。爷爷不顾他们反对，从姑姑家搬了出来，把小叔从过去爷爷住的房子里赶走，自己住了进去，又把姨奶从乡下接来。印象中，姨奶年纪比爷爷大，身体也更差，爷爷还得反过来照顾她。当时我上初中，有时候住爷爷家，和他们睡一张床，每天夜里都担心他们会在睡梦中突然死掉。

姨奶是信神的，信的不知道是什么神，是专属她的一个神吧。有次去爷爷家看望，那时候大姑已经出了事，昏迷在病床上，其实是个植物人了，姨奶就说，大姑出事在医院手术时，她一直在求她的神保佑，后来救过来了。又讲了一堆那个神仙的灵验。我当时小，听得入迷。父母和爷爷也都不作声。等从爷爷家出来后，刚关上门，父亲就说：这老婆子，身体不好吧，还迷信。我当时觉得仿佛什么被击碎了。后来想，等我老了，不要讲那么多话吧，别人嘴上不说，心里笑话。后来，有一阵子不见姨奶，也从来没有人提起过，以为她是回乡下了，过一段还来，然而也没有来，很久之后，我才知道是死了。

前几年，家属院有个小伙子结婚，摆酒，比我还小几岁，给爷爷发了请帖。大冬天的，爷爷蹬着三轮，戴着棉帽，吸溜着鼻涕从县城东北跑到西南去吃酒席。小伙子和我们家无亲无故，爷爷也是再普通不过的送礼者，甚至人家都没计划给他留座。他吃了油腻的菜，犯了急性肠胃炎。下次有街坊邻居结婚，他还去。我爸怪他，他不吭声。再后来，因为拆迁的事情，爷爷不想搬离自己住了几十年的房子，可能是影响到别人的拆迁安置款，就被那个小伙子的父亲告到了法院。

他的退休金舍不得花，吃饭、吃药，都拣便宜的。我爸逢年过节，给他拿三两百块，他也不花。乡下亲戚带着孩子来了，塞给人家了。怕我爸说他，背着塞。

陈后山诗云：少日扪头期类我，暮年垂泪向西风。每个人都注定老去吧，从不知何时起，渐渐与世界分道扬镳。所谓"终老"，无非是一个人在离开世界前先走向深深的孤独，也许在这旷日持久的孤独中，别人就渐渐习惯了甚至开始有些期待他的离开。这是对自己的残忍，还是对他人的慈悲？

春假二三事

从驻马店回正阳，在"东风市场"坐车。墙上刷着标语，"你不保证公司的安全，公司就不给你饭碗"。出了车站，乌泱泱一群人拍着车门要进，车里已经坐满了。女售票员探出头："等过了前边路口的摄像头再上。"车前行，后边呼呼啦啦一条长龙跟着跑。跑过红绿灯，跑过交警，车门"嘭哧"打开，人"呼哧"挤上来。"勾头！勾头！别让交警看见。"于是，新上车的人都蹲下去了。河南话叫"姑堆"。

突然有个人站起来，"我腰椎间盘突出，姑堆不了。咋弄哩。"有人提议走高速，一人加一块钱。售票员说："一人加两块。"话没落，司机说："一人加五块。"乘客没反应，司机说："我还指着走汝南拣点人上来哩。"车头一调，从公路下来，拐到乡间小路。公路要收十块钱过路费，所以从村里绕。

到汝南，下来几个人，又被司机拣上来三个姑娘。车走了两步，售票员来收费，一人十五。三个姑娘不同意："前儿个还十块哩。""涨了。""啥涨了，来时候还十块哩。""来的没涨，回去的涨了。""算了，不坐了，俺下车。"司机干脆利落，"净瞎耽误我事儿！"三人下去，车也不走，车门也不关。三人站在车屁股后边，也不走。车里没一个人吱声。

过了几分钟，三人又上来："算了，十五就十五吧！""跟恁说，天都黑了，肯定等不住车。"司机说。

大年初三，妈去店里开了五分钟门。回来说，碰见一个女的，爸丢了。大年二十九丢的。八十多岁的老头，老年痴呆，一会儿知道，一会儿不知道。带他上城里赶集，要买个东西，让他站那儿别动，转眼就没见了。全家人找到初三，没找住。拿着身份证和照片问我妈看见没，我妈说没得。又问，年也没过好吧。那人说，哪能过好哩，天天都在找。说着又去问下一个人。我妈回来说，天恁冷，老头夜里住哪儿呢。

有两个亲戚，年年初一都来爷爷家拜年，来点儿小牌，输赢点儿小钱。今年只来了一个。问那个咋没来，说电线杆砸断了腿，四个月了，还不能走。过了会儿，他爸来了，说全身只有左胳膊是好的，肋骨断了三根。工伤。他是电工，抢修线路，电线杆突然倒了。另一个亲戚说："就那他还要来哩，小年二十三头里就打电话给我，说大年初一你来接我，咱还去大爷家拜年。"他倒不是爱拜年，是爱喝酒打牌。可现在酒也不能喝，牌也不能打了。

三十晚上，爷爷，爸，妈，还有我，一起玩骨牌。我手气奇好，吞进吞出。爷爷点儿背，不时往兜里掏钱。骨牌不像麻将，是硬的，想放水点炮都不能。爷爷说："往年个觉得时间慢，现在又觉得快，还没咋着，就九十了。"又说："俺老太儿，俺爷，俺父亲，都没有享到的福，叫我一个人享了。"说着眼泪就滚到鬓上。屋顶墙皮要剥落了，四十瓦的灯照着小桌，爷爷脚前一只小凳，凳边立个小火炉。坐到天气预报结束，我和爸妈回家看春晚。看着看着，他们都困了。我拎起坐垫要回房间，爸说："看呗，我也不瞌睡。等十二点放炮又得吵醒。"我又坐着看了会儿，没多少意思，还是回了。床头堆的是杜甫诗集和苏轼《人来得书帖》《新岁展庆帖》。杜诗云："晓来急雨春风颠，睡美不闻钟鼓传。东家蹇驴许借我，泥滑不敢骑朝天……辛夷始花亦已落，况我与子非壮年……"又翻一页，《秋兴八首》，读到"请看石上藤萝月，已映洲前芦荻花"，觉念念无常间，总有熨帖到心的东西，久不磨灭。

放弃对老人的劝谏吧

爷爷住院了。接到这个消息，我正在外边办事。奔波了一天，手机也坏了，丢在路边店里修，心里担心各种工作上的事情找不到我。饭也没吃好，就在路边喝了一碗面条。为了抢在下班前赶到前单位办离职手续，我一个劲儿横穿马路，飞来的车辆朝我狂嘀喇叭的时候，我想，万一出了什么事，也不知道警察多久能联系到我的家人。

从小时候起，我就常暗暗告诉自己。什么事情，往最坏的地步想，它就不会发生。没有人教我这一点，我也不知道从哪里得到这种预感。奔了一天，事情以完全的挫败而告终。我不再横穿马路，慢慢走回手机店，取回修好的手机，花了三百一十块。我边为修手机的钱心疼，边给妈打了个电话。既然事情没办成，也就不用抱什么念想了。电话刚接通，妈说：你爷住院了。

事情不是毫无预料。爷爷今年八十九了。所有能料想
的事情，都不知多少次料想过。可我仍然心下一沉。许多事
情，做过无数次准备，依然不会准备好。所幸没有什么大问
题，只是早上起床发现腿软，站不起来，到医院检查，说是
心脑血管的问题。

爷爷住院时，爸去他家取东西，发现了六张存折。四张
两千的，一张三千的，还有一张没钱，都是一年定期。爸很
生气，说不知道他是想留着给谁。

爸为这事生气，不是一次两次了。给爷爷钱，他舍不得
花，都留着给别人。二哥盖房子，他给了几千；姑姑的孩子
结婚，又给几千。乡下人来看他，带着一堆小孩，钱往人家
兜里塞，那些小孩连该喊他啥都不知道。还时常蹬着三轮，
去送毫无必要的礼。

爸让他吃鱼油，一天一粒。他吃了几天，就改成三天一
粒，后来又改成五天一粒。不舍得。有营养品，不太吃，吃
超市最便宜的奶粉。带了六百块去医院，医生说，住院得先
交两千，他不想住。爸交了钱，他才勉强住下，住了一天就
要回去，说家里没人看门。家里哪有什么值钱的东西呢。

爸这么埋怨，我不知道该说什么。挂掉电话，心里很沉
重。回到合租的小间，将近十一点了。本来要开电脑处理一
下工作，想想算了。

点上檀香。铺开纸，写了一个钟头小楷。稍微平静了些。洗澡，睡觉，累了一天，却睡不着，脑子里翻来覆去泛起孟子的话：养生送死无憾。

第二天早上，忍不住给妈发短信。不知道这事该不该说开。不说开，我心里不舒服。说开，爸妈心里可能不舒服。

听到六个存折上的钱数，我很酸楚。爷爷给国家干了一辈子，解放前务农，解放后参加工作，打成右派，又恢复工作到退休，所有积蓄加在一起，还抵不上白领一月的工资。

爸不理解，觉得钱不少了，够他吃好喝好；见他存了定期，就以为是想留着给谁。这些钱，也就够办个后事吧。

我曾让父母给我个卡号，我打些钱回去，给爷爷买营养品。他们一切照办了，没告诉我卡号，说钱不用打了。

每年年底，我回家一趟，一开始穷，给爷爷拿五百块。后来好些，拿一千块。拿了一千块，父母觉得多。觉得爷爷花不了，拿给他，也是转手给别人。而我，之所以想拿点钱，是因为我找不到别的表示心意的途径。吃东西，他吃不了什么。穿的，一顶帽子、一双手套，又能值多少钱。我平常不在家，一年也就回来一趟。每次去他家，一看那景象就难受，小煤火炉，破旧的危房，黑魆魆的灶台。他将近九十，退休金涨了好多年，依然不到三千，其中一半，要付给保姆老太太，剩下一半，两人吃喝，水费、电费、有线电视费，加上吃药、吃奶粉。我在北京，和朋友聚会，一顿饭要吃掉爷爷一个月的药费吧。给他点儿钱，只是想让自己好受一点儿。

可这样，父母就不那么好受了。似乎显得，是他们的失职和不周。我比他们给的钱多，让他们难堪。爷爷生病、住院，父母很辛苦，但是得不到老人多少好感，甚至会得到埋怨。因为不懂得说话，常说"不舍得花钱，将来受罪的是你自己"之类的。

不知道父母何时能理解，对一个老人来说，什么是重要的。当老病的躯壳渐渐剥夺了他活着的尊严，他多么渴望还能给予别人一些什么，多么惧怕成为累赘和负担。曾经有一回，爷爷腿疼，我去看他，听保姆老太太说，他上午拿来电线，缠在身上，要电死自己。

惧怕拖累别人的人，宁愿不吃不喝，也想给予别人一点。这是最后的艰难抵抗，想证明自己不是废人，想用可怜的施予换来一点尊重。

世界留给他们的时间不多了。尊重一个人，也要尊重他的习惯，哪怕那习惯与自己格格不入。不去期待别人的理解，而努力去理解别人，是慈悲吧。

幽草晚晴

前天去看望爷爷，小姑也回来了。一起聊天，小姑问我去老广场逛了没。我说刚去过。爷爷耳朵不好使，人老了，耳朵都有点背，这句话却听见了。他说，老广场现在不行了，太小，新广场就大多了。

我和小姑都很惊讶。新广场开始修的时候，爷爷就很老了，老到不太能出门，只能偶尔在家属院附近溜达两步，后来腿又摔了，连路都不能走，没想到他还知道新广场。

爷爷又说，新广场斜对面就是新高中，武装部和新法院也在那一块。小姑更惊讶，她每次回来都去新广场逛，却不知道附近还有新高中。爷爷说，新高中就在新广场西北，隔了个十字路口。他说得对。我们都很奇怪，他足不出户却知道这些。

爷爷说，老唐跟他说的。新广场还在修的时候，老唐就跟他说过。修成之后，老唐的儿子蹬着三轮带老唐看过一次。"你二哥从来没带我看过。"爷爷说。小姑的二哥就是我爸。"后来，我自己拦个出租车去看了。大是怪大，啥东西也没有，空荡荡的。"

晚上回家，我跟爸提起。爸说："想看他咋不吭声呢？咱有车，说一声不就带他去看了吗！"

我说了爸几句。他一开始要辩白，想了想，又说我说得对。他想到另一件事。二十年前，我家刚盖好房子，挺大。当时奶奶还健在。爸想让爷爷奶奶搬过去，但二老从来没有提。爸以为他们安土重迁，住老房子惯了，不想搬。直到一天，偶然说起，才知道他们早就想去。爸急了："想住咋不早说呢！你们不提，还以为你们不想去。"爷爷说："你当兵回来，安排工作，我没花钱；你结婚，我也没花钱；你盖房子，我还没花钱。你不开口，我咋提。"

我也想到一些别的事。我毕业后到北京不久，父母就想让我买房子。我坚决拒绝。我当时的工资，不吃不喝，连房贷都还不起。我不想背债，更不想啃老。父母让我租个大房子，哪怕房租比工资高，他们来出。我当然不可能同意。后来，他们卖了家里的房子，就是二十多年前想让爷爷奶奶去住的那一栋，带院子的。卖了一百万，要给我在北京付首付，我依然不同意，他们就把钱放进了民间借贷。

　　父亲朋友的孩子，在外面成家立业，大多要靠父母。结婚、买房，都是。我比较独立。这种独立，恐怕给父母带来的更多是失落吧。他们希望能对我的生活事业有所帮助。而我不需要他们的帮助。表姐的孩子——我的小外甥，是父母看着长大的。常常到我家吃饭、玩。我过节回家，妈喊我吃饭，有时候会错叫成小外甥的名字。

　　小外甥渐渐大了，十岁了。从去年起，就不怎么来了。爸办了健身卡，给小家伙也办了一张，让教练教他打乒乓球。没有固定的时间，什么时候去，什么时候学。春节在家，爸每次从健身房回来，都念叨说，也没见小家伙去打乒乓球。前天，有朋友办喜事，我们家去送礼，小外甥一家也去了。见到小家伙，爸妈问他，怎么这么久不来家里，明儿星期天还来不来。我黯然失落。

暮年垂泪向西风

去年九月，爷爷摔了一跤。放射科大夫说要手术，他不肯。过了几天，骨科大夫来上班，看了片子，说也许不是骨折，这么大年纪了，不想手术就慢慢养吧，于是出院回家了。

养了半年，春节时，我去看他，他只能坐在轮椅上。我给他买了豌豆黄、核桃仁之类的糕点，从北京带回去。核桃仁他咬不动，已经九十了。

解手是最困难的。保姆老太太把他扶上轮椅，推进小屋，坐在一张中间挖空的椅子上，下面放只马桶。我和爸去扶，他都不让。坐好，让关了灯，所有人都出去。解完手，老太太再进来扶他上轮椅。

马桶是胶桶。我小时候，还有走街串巷吆喝"焊胶桶、焊胶盆、修理钢精锅"的。就是那种能焊的胶桶，现在没卖的了。

他住的房子，是八十年代百货公司的。当然也就不可能有洗手间。他的几个子女，除了老大在乡下种地，其他四个都在这间老房子里住过。一共四十多平，最多时住了五六口。我刚记事时，大姑一家三口都在这儿住。小姑未出嫁时也在。小叔在部队当兵，一张胸前佩戴大红花的军装照用块大玻璃压在桌子上。每次小叔回来探亲，我都很兴奋。平常跟小伙伴玩，总是说，俺小叔还有一个月就回来了。

小叔当了三年志愿兵，退伍回来，结了婚，东边房子隔出来，做了婚房。我当时小，不懂事，和小姑坐在西北那间房，小姑说那是她的房间，我说骗人，前边那间才是你的。没过两天，东西相通的门堵上，分家了。

我那时候，不懂什么叫分家，总觉得都是一家人，干吗要从屋里堵死，进另一间还得从外面绕。后来渐渐觉得，进出小叔的房间不像以前那么随意了。他刚有小孩的时候，我和大姑家的表弟常常跑去逗小宝宝。小宝宝不会走就学会了翻跟头。小叔疼他多些，他第一声会叫的是"爸"。

等东西堵死的门重新打通的时候，奶奶过世了。奶奶过世前几个月，爷爷照顾她，一直住在乡下大伯家。奶奶过世后，爷爷在大姑家住了两个月，终于不习惯，把小叔从老房子里赶出，自己搬回去。很快，小姑出嫁了。又两年，三十二岁的大姑意外离世。四年后，我离开家乡读大学，小叔离婚，家产都放弃，就要了孩子。不久，小叔欠了很多债，离开家乡，很多年不敢回来。孩子在爷爷那儿待了好几年。上学不行，听说还常常捡破烂卖钱。在外面玩，衣服弄脏，扔给保姆老太太洗，刚洗干净，又很快弄脏，保姆老太太不喜欢他，他对别的小孩说："花钱雇她就是叫她干活的。"

有几年，每年都有开发商来好多回，说要拆迁，给两千块补助，算是一年的租房费用。一年后新房盖好，再搬回来。爷爷不同意，说这么大年纪了，再好的房子也不搬了。

家属院有个姓牛的，孩子结婚，爷爷还去送了礼。老牛见了我爷爷，叫声大爷。因为拆迁，老牛领了两千块补助，拉了几个人，写了诉状，把爷爷告到法院了。告了也没什么下文，有人来看看，又走了。走了不是因为爷爷是钉子户，是开发商觉得房子太鸡肋，踌躇到底要不要拆。一排房子只拆了个角就停工了。年年都说拆，都没怎么拆，最近两年不说了，房地产不景气。当时说要拆，乡下的大伯和他在城里的大儿子也来得勤了，隔三岔五往这儿跑。

坐上轮椅后，爷爷的生活更枯寂了。老房子压抑，除夕夜的灯光都照不散陈旧的灰霾，黯淡得连小桌上的菜都影影绰绰看不分明。我每次去，坐不久就想走了。曾想拿录音笔录下他讲的三四十年代的旧事。在他的叙述里，一生很多时候，人命像灯草那样轻贱。解放前闹土匪，有人半夜领了土匪，到亲舅家偷牛，房子扒个洞，牵了牛往外走，屋里人听见动静追出来，土匪拿枪崩死一个，另一个举起钉耙朝外甥后脑勺刨过去，刨死了。爷爷是村里出名的老实人，有人威胁说，要弄死他。他不敢回家。大饥荒，家里饿死三口，爷爷也差点饿死，后来有好人偷偷给了几斤麦，活下来了。我小时候一直以为父亲兄妹五个，后来知道是八个。三个死在粮食关。

前些年，爷爷说修家谱，父亲也说，但一直没做。今年春节，我准备回北京的前一天，去看爷爷，特地拿了笔纸，问他家谱的事。我虽然觉得家谱在今天意义不大了，但既然老人有兴趣，就趁自己走之前记一点吧。

在那次简短的讲述里，我第一次知道家里有个信佛吃素的曾祖母。我一直以为她离我很遥远，却不知道她活了八十多，如果再多活几年，我小时候就会见到。她信佛是因为家里穷，给人当"小媳妇"，就是童养媳，怕婆家说自己偷吃嘴，就信佛吃素，撇清嫌疑。

爷爷腿摔坏之后，更沉默寡言了。似乎已经疲倦到没有气力再说话。前天又提起勇气，打电话给他。说提起勇气是因为，总不知道该说什么。隔太久不打，又心里不安，歉疚。打了电话，说说天气冷暖、吃饭没有就挂掉了。挂掉后，有完成任务似的轻松。

保姆老太太接了电话，让我等着，用轮椅把他推过来。爷爷拿起听筒，问我忙不忙，不等我回答，又说自己脑子还清楚，前天去了趟医院，检查了腿。我忙问结果怎样。他说，股骨头消失了，没有了。我说，怎么会没有了。他说，这么大年纪，有轮椅就行了，也别想着再走路了。我不知道说什么。电话挂掉，这次却不轻松。看看通话时间，真正说话的时候，还没有等轮椅推来的时间长。

我有点难受。他去医院的事，爸妈都没跟我提。是啊，就算提了，又能怎样。我什么忙也帮不上。别说爷爷，爸妈的身体，我不问，他们一般也不说。

两个多月前，妈搬重物伤了腰，疼得走不了路。告诉我时，轻描淡写，说慢慢就好了。几年前也伤过，好几个月才好。这次更严重。五月，单位团建去日本，我在药妆店看见治腰疼的贴片，买了些，寄给她，她说膏药劲儿太小，不管用。爷爷也贴了，感觉也一样，不如老中医膏药有劲儿。老中医膏药有没有副作用，他们也不知道，也不管。等药劲消退，还是没好。妈说，等它慢慢好吧。

对疾病，家里人一向如此。除了慢慢养没有别的办法。对待生活，也像对待疾病，一天天凑合。搬家之后，连有线电视费都没交，我催了好几个月才交上。我爸说电视看得少，没必要装有线。生活将就惯了，凑合一天算一天，唯一在意的是挣钱。等攒了许多年的钱一把套进了民间借贷，生活重心又不得不转向，变成去讨欠款。妈前天还说，等年底钱要回来了，看有合适的房子就给我付个首付。

对他们来说，除了吃喝，没有太花钱的地方。一辈子攒下些钱，除了买房和看病，就不知道该怎么处理了。如果不这样，就在股市里亏掉，或者被人坑了骗了，这就是很多老百姓的一辈子。像很多小地方的人一样，在父亲眼里，讨要欠款比爷爷的骨折更令人忧心。有的老人，甚至还算不上老，五六十岁，一查出癌症，干脆就不治了，拒绝吃药，盼着赶紧死掉算了。

我问细了，才知道，爷爷去医院检查，是因为疼得厉害。家人都没有平时体检的习惯。劝过父母几次，都不去。用父亲的话说，病这东西，检查就有，不检查就没有。没有大毛病，小毛病免不了，知道了影响心情，不如不知道。

爷爷不能再离开轮椅这一点，对他的每个子女来讲，可能都不意外。甚至早在他刚刚坐上轮椅的一刻，所有人就都接受了，并预计到后来的结果，只是在等着它自然而然发生，像春天过去秋天到来。大伯一直想找机会把爷爷接到乡下，由他照顾，由他领爷爷的退休金。他做什么，爷爷就吃什么。好些年来，爷爷一直拒绝。

春节时，爷爷对我说："天晴了，可以下乡看看，要是你大伯留我住几天，不管咋样，走的时候，你得把我拉到车上，不要把我扔到乡下。"

也许是我还太年轻而对事情抱有幻想，也许是我太少尝过世事的艰辛，在心底总没能全然放弃爷爷摔断的腿骨能一点点长好的念想。我总隐隐觉得，到了春天，暖和的时候，骨头会渐渐生长，愈合，一天天好起来吧。他不说疼时，我就想，大概不疼了吧。现在，这幻想落空了。

有个舅舅，他父亲是我外公的弟弟。他是特别好的人。我考上大学那年，没通知乡下亲戚。他听说了，特地坐车到城里，送来礼金就走，说地里还有活要干。礼数在他心里非常重要，吃的喝的短些没什么，礼数不能短。

等我毕了业，到北京工作，初开始常去他家。他在门头沟打工好些年了。北京太大，离得又远，我慢慢去得少了。门头沟拆迁，他搬到高井。低洼的平房，三口住，月租四百五十块。去年春天再去，见多了一位老太太，木然躺在床上，是他母亲，我完全不认得。

老太太本来在乡下，由小儿子照看，状态很糟糕，舅舅回家看见，心疼，接来北京。老太太下不了床，手不停抖，除了吃饭和解手吱声，并不说话。舅舅说，要不是接来北京，她早就不行了。

舅舅毫不忌讳当着老太太的面提起病和死。他说："最好的情况，是她再活两年，得个病死掉，我也算尽孝了。别活太长，人家麻烦，自己也受罪。"老太太就在旁边躺着，也不知能不能听清。看不出什么表情，仿佛人家说的一切和自己无关，仿佛自己和世界无关。唯一能觉察到的变化，是手像机械似的不停地抖。

舅舅喝了些酒，又说，话是这么说，爹娘活着的时候不觉得，哪天真死了，就不得劲了。说乡下谁家的爹瘫了，成天在门边床上躺着，天天早上喊儿子来穿裤子。时间长了，儿子就想，还不如早点死了。瘫在床上，多活一天，多受一天罪。后来死了，办完事，轻松了。夏天早上去地里干活，干完回来，把锄头往门边一立，想进去给他爹穿裤子，推开门，见床上空了，就难受起来了。

去年十月，爸妈来北京，要到舅舅的出租屋里坐坐。我以为舅舅要在家准备饭菜，他说去外面吃。他的收入经不起在外面吃，舅妈常年有病，老太太也卧病在床，他在超市打工，工资很低。可还是要坚持去外面，而且把不错的朋友也喊来了。

人到齐了，说去吃饭，老太太不情愿了。这时候我才知道，原来我们说的每句话，老太太都听得明白。一屋子人都在的时候，谁问候老太太，她都不吱声。等都要出去吃饭，老太太开口了，说自己没法解手。舅舅给老太太冲了奶粉，把马桶拎到床边，老太太就不能再说什么了。

舅舅一边把马桶拎到屋里，一边重复着那句对很多人说过的话：最好是老太太再活一两年，得个病死掉，他也尽孝了。说的时候，没有叹息和哀怨，像是在谈生活中一件事最理想的状态。他仔细冲了马桶，把边沿的水擦干，耐心细致。在屋子里所有的人看来，这就是最平常的人生，不应激起任何波澜。

为什么要念父母恩？

　　不久前，爷爷的支气管炎犯了，躺在床上喘得厉害。我去看他，他嘟囔的话，我听不懂，问我爸，他也不懂。过几天，喘得轻了些，把他扶到轮椅上看电视。他问：《三国演义》是谁写的？我说，罗贯中。他把四大名著挨个回忆了一遍，又问：岳飞的兄弟，是张显、汤怀、王贵吧？那一刻，我突然明白，自己能吃上今天这碗饭，应该是有原因的吧。

　　外公在我五岁时去世，后来，我曾努力回想他的生前。我知道他对我特别好，但究竟怎么个好法，记不清了。我爸说，我小时候爱吃红薯包，外公就天天蒸，他都吃腻了。我喜欢跟外公睡，我睡里边，他睡外边，给我"堵老鼠"。我让他唱歌，他不会，被我逼得无奈，他说只会一首，《东方红》。上学前班时，有一回我逃学，外公把我送到学校，我跑回去，半路追到他，他问我怎么回来了，我说老师让问家

长名字，我不知道你的名字，他说了名字，我说回去也晚
了，就不去了吧，父亲知道，还发了脾气。那次我记得外
公叫"张明义"，但外公去世很多年后，父亲说他叫"张明
耀"，看来我听错了。

外公的去世没有征兆。似乎是一年级的某天，早上，正
和妈吃早饭，印象中爸不在家，可能上班去了。那时候住在
百货公司家属院的平房，吃饭是门口摆张凳子，饭菜放凳子
上，另一个凳子躺倒，坐上吃。正吃着，乡下舅舅来了，说
外公不在了。外公才五十出头，感冒，挺了几天，就不行
了。妈和几个姨哭得昏天黑地，我五岁，不懂事，与表姐表
弟们议论起大人的哭，新奇超过了悲伤。

今年春节回家，见家里摆了几十盆花，连下脚的地方都
没有。我妈退休前，没时间养花，现在我才知道她爱养花。
也由此想到，我之所以在意我的绿萝，也是有原因的吧。

小时候，我很怕我爸，他非常严厉。小学二年级，不知
他从哪里找来英语和日语的书，让我学。那时候，初中才有
英语课。我爸亲自教。其实他也不会。他把 desk 读错了，我
说，你读得跟磁带不一样。他说，读不重要，会写就行，就
是读成"刀四克"，记得 d — e — s — k，就行。

两岁时，我爸教我背范仲淹的《渔家傲》，现在还记得。
我们县当时，找不到他那样的父亲。他的教育很多地方不科

学，挨打，罚跪，让我吃了不少苦头。但也得到了一些好处。那些难以说清的影响，让我成为今天这样。

小时候，我对我爸的教育手段是有些怨言的。长大之后，慢慢可以理解了。因为知道，他仅有的教育手段就是这些，他的经历和所受教育，让他最多做到这样了。

以体罚、讥讽为主的教育手段，当然不是他的发明，是我奶奶传给他的。他小时候挨的打，比我多十倍。大娘刚嫁过来时，见他挨打，笑着掰起手指头："这是今天第三顿了，看看能挨几顿。"他因为参加小学毕业考试，耽误了割猪草，刚进屋，正做饭的奶奶扬起水瓢摔到他头上："考学！考学！你就是考上八大学，我也不叫你上！"一次，他过年赶集，丢了肉票，奶奶什么时候想起来，什么时候打他一顿。不过，他对奶奶的怨恨似乎也消解了。他常说，奶奶正直、善良、勤劳，宁肯自己吃亏，也不让别人吃亏。不过，他说这些的时候，奶奶已经过世了。

我走上今天这条路，要间接感谢奶奶，感谢那些父亲所吃的苦头，和因此而传递给我的苦头。那对塑造今天的我的生命不可或缺呀。假如重来一次，假如投胎时明明白白有得选，父亲还会选择做爷爷奶奶的孩子，我还会选择做父母的孩子吗？不知道。也许会吧。

爷爷常说，他的父亲苦、爷爷苦，福都叫他一个人享了。我看爷爷的生活，觉得很可怜。他那要算享福，我这生活不知道该算什么了。可我还是常常对生活有更多的期待。在我眼里，父亲和爷爷都很苦，福都让我享了。我得以继承他们的天赋和性情，得以遇到更好的时代和机缘，他们也有着不错的禀赋，可惜生的时候不对，只能窝在小地方一辈子，接受今天看来或许显得狭隘的价值观和人生追求。

我妈给我洗衣服时间：你平时在北京，衣服都是直接扔进洗衣机吗？也不搓搓领子？我嘿嘿。她就说：得赶紧找对象，自己连衣服都洗不干净。我听着别扭，说：找对象能是找洗衣服的吗？那找保姆不就行了？假如我将来结了婚，我的妻子恐怕难以符合父母心中的标准，那是传统的"女主内"的"贤妻良母"的标准吧。像我妈那样，几乎承包了一切家务，除了家庭之外并没有属于自己的空间和生活，似乎她从来也不需要。

我不喜欢过年。一到过年，我妈就非常辛苦。晚上有客人，从吃过午饭就要开始准备，一直到客人酒足饭饱离开，还要慢慢打扫屋子，第二天再吃剩菜。将来我有了妻子，是不大舍得让她这么做的。对我妈，虽然不舍得，但没有办法。她很适应这种生活，并在为家庭、丈夫和孩子的付出中，找到自己生命的价值。这是她生活至关重要的支撑点，唯一的支撑点。在我的家乡，上一代人，很多都是这样。

父亲战友的女儿，刚结婚，老公身板很瘦。她妈说：你要多给他调理。她说：我给他调理？他还得给我调理呢！每天早上，牙膏都是他给我挤好。婆家人这么说就算了，连你也这么说！

我不再习惯父母的价值观念、生活方式。可我的禀赋、性格、脾气，无一不是从他们那里继承的。如果不是基因里有他们的天分和脾性，我不会是现在的我、有现在的生活。我对目前的生活很满意，每当有口饭吃，我都觉得自己比很多人幸运。这主要不是个人奋斗的结果，很大程度上仰仗父母所赐予的禀赋。

豆瓣有个小组叫"父母皆祸害"，很多人觉得，生活被父母毁了。假如可以重新投胎，他们不会选择现在的父母。依佛教看，每个孩子的父母，都是孩子自己的选择。在父精母血和合的刹那，"中有身"受到吸引，就入胎了，成为他们的孩子。只是，人们常常不记得自己先前的选择。就像有的夫妻生活了几十年，心里埋怨：跟这个人结婚，是我一辈子不幸的根源。可当初的选择，不也是自己决定的吗？

也许，来到这个世界之前在意的东西，和来到这个世界之后在意的不同。就像踏入婚姻之前在意的东西，和之后在意的不同。曾经的选择，无论记住了也好、忘掉了也好，都会带在身上，潜藏在难以留意到的地方。

对熔铸在身上的禀性、难以割舍的关系，只有两种态度：接纳，或者不接纳。怨憎父母的孩子，对不能改变的属性依然不肯接纳。这种抗拒，会带来更多的痛苦吧。

星云法师讲过一个故事。有个家庭，孩子很多，父亲是个小职员，没多少收入，一家只能天天吃青菜。孩子就问：为什么人家有肉吃，咱家只能吃青菜？父亲说：孩子，爸爸对不起你们，爸爸没本事，赚不了大钱，不能给你们买很多好吃的。孩子沉默了很久，说：不，爸爸，你很伟大，你养育了我们一家人，非常不容易，青菜也很好吃，我们都爱吃。

住在小地方

　　我在河南老家住很长时间了。从四月初到现在，就六月回了北京一趟，交房租，其他时间都在老家。

　　回来是因为爷爷身体不好。四月初，以为不行了，赶紧回来，他住进医院一周多，又强些，出院了。虽然病情总是反复，有几次都觉得要不行了，后来也都过来了。

　　六月，回北京续签租房合同，心想，如果爷爷身体还是那样，我就先留在北京吧。签完合同第二天，去买了书架。第三天，爷爷又不好了。夜里，爸发微信说，让我处理完事情，回来一趟。我拜托邻居帮忙收还未寄到的快递，立刻买了回来的车票。

　　回到家后，虽然爷爷整体上一天不如一天，但还能吃饭，似乎也没那么快。而我在家住得太久，终于开始滋生起父母的不满。

爷爷有三个儿子，两个女儿。其实有八个，三个饿死在粮食关，后来大姑也不在了。小叔、小姑在外地，大伯在乡下，照顾的事情，我父母操心多些。以前请了保姆老太太，但爷爷身体越来越差，性格又偏，父辈们脾气也都不好，大伯大娘一直希望老太太走，老太太的子女也不情愿她弄屎弄尿地照顾别人，老太太虽然在爷爷这儿待了十几年，还是辞了工，走了，父母再怎么挽留，都不答应了。

照顾老人虽然辛苦，虽然脏累，但比起亲人之间的抱怨和生气，是太微不足道的。十天的辛苦劳累，也比不上一句刻薄的话更让人受伤。在小地方生活久了，见每个人生活都艰难；抱怨和诉苦，成天不绝于耳。

老太太没辞工的时候，跟我讲，乡下老人，有喝农药的，有跳机井的，有死了很久才发现的。言外之意，爷爷这样瘫在床上，算不错了。我从前没想过，究竟有多少老人是善终的呢？怎样才算善终呢？不说没钱治病——在医院见过因为交不起住院费被赶走的——也不说病痛的折磨，只说长久患病的老人，家人在照顾的时候，能和颜悦色，没有抱怨的，在我的家乡，还不曾了解到。

我在家中待久了，什么都不说，也受到批评。小姑电话里说，爷爷的任性是我惯的。我惯他什么了呢？无非是买了个护理床，遵照护士嘱咐，到药店买了盐酸氨溴索口服液给他喝。买护理床，也是为了减轻照顾者的负担，因为一个人抱不动他。

有时候，爷爷要解大手，让他解床上，他非要解便桶里，两个人把他架到便桶上，撑了半天，浑身是汗，他一点儿也没解出来。穿了尿不湿或者集尿器，总是撕开，尿到床上，一天洗好几次。像这些，就会被视为任性，劳累人。

爷爷说话，有时候也不好听。老太太在时，天天给他弄屎弄尿，一次把他从轮椅扶上床躺下，只是弄掉了帽子，他就发脾气：不想照顾我你就走！

四、五月间，小姑回来住过一阵。时间长受不了，回家了。除了受不了爷爷，也受不了老太太唠叨。老太太成天对小姑抱怨，说不想干了，想走。小姑为了表示向着老太太，就当她的面训斥爷爷。老太太回头偷偷对我说，你小姑脾气太坏，你爸脾气也坏，你大伯脾气也坏——姓王的脾气都坏。其实，她自己也姓王。

老太太辞工后，大伯照看了一夜，第二天一大早，我爸刚进门，大伯就抱怨个不停，说老头瞎折腾人，一夜不睡，尿得到处都是。我爸去看了看，盖的铺的被子都是湿的，也没有换。大伯还一个劲儿抱怨，我爸忍不住了：不想照顾你就走！大伯说，好，这可是你叫我走的！拎起东西走了。

大伯听说我又从北京回来，就不高兴，怕我再把爷爷送到医院。四月初，爸妈没在家，爷爷发烧，一星期没吃饭。然后大伯打电话，说爷爷不行了。爸和小叔都让他先送医院，他说没钱。这事儿一开始没人跟我说，隔了好几天，我才知道，赶紧让堂弟打120送医院，又买车票回来。后来出院回家，大伯说，要不是一开始非要送医院，现在埋也埋完了。

四、五月，我在家住，六月回京，虽然是交房租，也可以说是被父母撵回去的。父母为了挽留老太太，让她照顾爷爷，事前说过给她工资涨到两千，多出的两三百块父亲出。但等到发工资的时候，并没有多给，他想等老太太照顾爷爷到过世再一起给。大概是怕老太太中间走吧。我觉得很不合适，跟别人说得好好的，又这样，不尊重人。跟父亲提，他毛了：你赶紧走吧！别在家里瞎耽误事！一气之下，我买了返京的火车票。

这一次，我又在家待得有点久了，爷爷的身体既不见好转，也不见转差，父亲又开始忧虑，害怕长久下去没有尽头。父亲爱犯愁，爷爷身体不好，他犯愁；爷爷身体好转，他还犯愁；大伯不来照顾，他抱怨；大伯来了，根本没有照顾的耐心和意愿，他们又吵架。我待在家里，他冲我发脾气，说别人都躲得远远的，就我跟傻子一样还往前凑，我们家已经耗进去他跟我妈两个人，连我也要搭进来，这么大了不找对象，不干事业，都耗在这上面，他都愁死了。

我是不太愿意跟父母一起生活的。因为彼此隔膜太重。读大学的时候，每次假期，都会有几个晚上跟父亲坐在一起聊聊，有时候争到面红耳赤，只好说，太晚了，睡觉吧。到后来，连争论也不会有了，因为没什么能谈的了。听他说话，常常觉得实在不该如此，也不敢提，提了他不高兴，那还说什么呢。

如果将来我有了孩子，我不希望他出生在像我这样的家庭，成长在像我这样的环境。虽然我很感激父母对我的教导、这种环境对我的启迪。磨难是很好的教导。我不后悔，但不忍心自己的孩子也经历这些。

也许要感谢爷爷生病这个因缘吧。没有这因缘，我和父母也没有这么久相处的时光。虽然没什么交流，但每天一起吃饭，也是一种无声的陪伴。自打我上大学以来，这种机会就很少。上次这么久在家，是因为家里遇到了麻烦，打官司。如果平平安安，我每年也就是回来过个春节而已。父母和子女间的缘分，说起来很多，如果算算彼此相伴的时光，也没多少。尽管有时候会生气，会不愉快，也总是一种陪伴。

很庆幸父母让我上学早，十六岁就离开家乡去广东读书。如果是二十岁才出去，可能身上沾染的很多小地方的习气就更难改。我对父母、对家乡人的观念和习惯，有很多不能认同的地方。这里资源太稀缺，人们生活太艰难，彼此间的顾恤尊重往往不足。如果我自始至终在这样的环境成长，恐怕也只能变成那样。父母以他们仅有的能力送我走出小地方，最终让我变成不能被他们理解的样子。

父亲说：你文章里写的那些道德标准，都是假的、虚的，生活不是这样，我的生活经验比你多太多了，你不知道生活的艰难。

几年前，他见我看佛教的书，很排斥，我说，看佛教是为了写文章，他就不说什么了。后来，我写佛教的文章阅读量越来越少，他抱怨过很多次。家乡的亲戚朋友有种种流言，好像我走上了歪路，要当和尚了，不结婚了。父亲有位朋友批评我：你是个人呀！你不是神仙！孔子是圣人，还要结婚生小孩呢！

很多年前，我在 QQ 空间写日志，那时候还不能靠写作挣到一分钱。父亲偶然读到，半夜给我打电话，非常担心，认为我玩世不恭，思想有问题。后来，我发表文章，出书，当主笔，又靠公众号挣钱，他开始为我写文章自豪。我有一阵不更新，他就会说，这是生意呀，咋不好好经营呢！

父亲和战友吃饭，见了我，就嚷着说让我写写他们战友。我敷衍两句。事后，父亲真当回事，真要我好好写写。我说，没啥好写的，有的事能写，写了恐怕你战友不高兴，你战友高兴的事，写了读者不高兴，都高兴的事，我没本事写。他听了，很不高兴。我说，别人请我写一篇文章是要给钱的，写你战友，谁给钱呢？他不说什么了。

在家并不影响我的工作和事业，我说这些，父母不信。他觉得干事业要天天跑出去见人，觥筹交错，谈事情。在家住久了，我常想：什么算事业呢？古代的人，杜甫、韩愈、欧阳修、苏轼，被贬到小地方，一住好几年，有没有耽误他们的事业？

他们人生最重要的成就，不是在京城，是在被贬谪的小地方，在逃难的地方，在隐居的地方。夔州之于杜甫，潮州之于韩愈，滁州之于欧阳修，黄州之于苏轼，是成就他们人生的关键。钱穆的《国史大纲》是在云南宜良山的岩泉寺写的，印顺法师最充满法喜的时光，是在缙云山汉藏教理院和合江法王学院。而那些一生待在大城市、挣大钱当大官的人，也未必就有熠熠闪光的生命吧。

我也并不是一辈子都要待在小地方。只是每一个家庭都会遇到的事情，临到我头上，我只有去承担自己应该承担的。生命中最重要的事情，就是承担自己应当承担的，除此之外，没有别的。父亲有个战友，从来没要求过我写他，他的母亲卧病在床，他照顾了好多年，儿子眼睛出问题，他带去北京治病，做完手术，儿子头稍微抬起一点，他就说，不要抬，医生让低头。出院后，他和儿子两个胖子挤在三蹦子上，到小区的简易旅馆，他给儿子煮面条。在县城，他级别不低，可是去北京看病，为了挂号凌晨排队，求各种人，受黄牛的骗。我想，像这样的一生，不也笃实光辉吗。人的生命，哪里需要多大荣耀，无非是在不得不面对的境遇上，迁善改过，尽性俟命而已。

郑州，要照顾好自己噢！

　　天冷了，暖气还没有来。连日阴雨，心情也有点空落落的。朋友约了吃饭，坐十几站地铁过去，进站时还是下午，出站时天已经黑了。连啤酒也不想喝，碰了两杯，身上渐渐起了寒意。朋友说，这种天气，是最适合听《探晴雯》的呀。

　　我在老家住了整个春天。夏天回到北京，小区里的树木突然茂盛许多。竟然有久别重逢的陌生。后来又回老家，再来的时候，已经是阴沉萧瑟的秋天了。旁边的便利店、水果店，也都关张了。看起来寻常不变的日子，也在不经意间迁流。

　　依旧去附近的校园溜达。操场还是有很多人踢球。男生踢，女生看。都是很好的年纪。有长得很漂亮的小姑娘，纤手夹着香烟。看起来，很不羁的样子。谁没有在年轻时不羁过呢？

盘腿坐在草坪上看手机，读一篇写弘一法师的文章，球飞过来砸中我的手，手机掉在地上。别人看我，也像个学生，穿着和学生差不多的衣服，随着大流去食堂，要一碗油泼面。

正是放学的时候。食堂人很多，一个女生把包放在我对面，转身去打饭，过了会儿，有男生问：这里有没有人？我说，好像有的。男生四顾望望，没有空位，说：我先坐这儿吃吧。女生端了面回来，见位置被占了，又着急又不好意思。我说，坐我这里吧。收了碗，离开了食堂。

二十多年前，我上小学一年级。有个同学，上完一年级，又留了级，留到我们班。留级不是因为学习不好。是因为什么呢？不知道是转学，还是家庭变故。她总是考第一名，言语很少。在我眼里，是谙熟世事的沉默。

那年冬天，下了第一场雪，要写作文：打雪仗。我们写的，都是仿照课文，没有一点意思。她写的，被老师点名表扬了。她不仅写了下雪，还写了留级的心境。我第一次知道，这么矜持不语的姐姐，还有一颗细腻的心，感春伤秋的情愫。她站在飘雪的窗户边读作文，有点独立苍茫的味道。

那时候还小。上过两遍一年级的小朋友，就是很大很大的人了。现在，我走在校园里，看小伙子们踢足球，看小姑娘们谈恋爱，看来来往往的人，穿上学位服，拍下毕业照，恍然想起，自己都毕业好多年了。

小时候对事情懵懵无知，没什么忧虑。伤心了就哭，哭完就好。有的是大孩子，有的是大人。在这世间，总以为有很多依怙。可时光无情地流转，自己也渐渐成了别人的依怙。对父母的担忧，渐渐超过父母对我的牵挂。

看一篇报道，老两口有两个孩子，都培养到了名牌大学，都留在了北京，买了房子，结了婚。但那对儿老人，只能待在家乡。年纪渐长，身体越来越差，想退休后去旅游，却很快哪里都去不了。孩子们也不能常回来。终于有一天，得了病，被邻居送去医院。孩子们赶回来，陪护两天，又急匆匆离开。

这是世间常情吧。此生此世，谁又能是谁的依怙。

我有一盆养了三年的绿萝，曾经差一点死掉，当时以为活不过来了，写了篇文章。没想到后来又活了。很久以后的某天，突然收到一封陌生读者的私信，骂我怎么这么笨，连绿萝都养不活。我说，绿萝后来活了。她很高兴，说，你一定要好好照顾它噢。我说，一定。

她的话让我想起某年春节，我回家过年，买不到票，在郑州转车。发车的一刻，邻座五六岁的男孩对着车窗招手：郑州，再见！郑州，要照顾好自己噢！

圆满

　　小时候，喜欢小年胜过大年。小年意味着寒假刚刚开始，还有漫长的时光可以纵情欢笑。只要大年没过，开学就还遥远。大年过后，虽然也欢喜，却不能不惋惜寒假一点点流逝，终至于消失。而开学必将到来。

　　如果拿人生来比喻寒假，除夕就好比中年。中年之前，总觉得未来很长，还有很多事情可以幻想。一旦步入中年，就不能不感喟时光的迫促，生起"譬如朝露，去日苦多"的叹惋。

　　不过有时候，终结不是终结，而是圆满。

　　比如，有烟瘾的人想戒烟，知道烟瘾大，怕戒起来不容易，就给自己设个期限：腊月不抽烟，以大年三十为限。如果坚持到初一早上，就圆满了。

　　有人受持八关斋戒，期限是一日一夜，第二天清晨醒来，看见第一缕阳光，就会心生欢喜。逝去的时光不必惋惜，它助成了戒行的圆满。

如果有人发心一年里不要伤害别人，要更好地随喜别人，赞叹别人，在岁末年终，就会看见一个圆满无瑕的年呈现，像皓月当空，明净皎洁，远离缺憾。

如果有人发心尽形寿做好人、行好事，在一期生命行将终了之际，在一桩因缘行将分别之时，也不必惋惜与留恋。纵然山川异域，终究风月同天。

如果有人发心尽未来际做好人、行好事，因为未来际无有尽期，他将在一切时刻，心常驻留在清净欢喜的乐土。

有个僧人在"雨安居"前修房子，"雨安居"到来时，房子还没修好。他把工人遣散，告诉众人，房子修好了。众人说，墙还没有粉，门窗还没有装，怎么是修好了呢？

然而，这就是修好了。因为"雨安居"已经到来了。

腊月三十的诸事，有如"雨安居"的房子，无论修没修好，都已经修好了。无论呈现出什么样子，都是因缘让它呈现的样子。只要发心清净，无论事情到哪一步，都是圆满的，远离了瑕疵与缺憾。

日日是好日，时时是好时。没有哪一天不是腊月三十，没有哪一事不是"雨安居"时的房子。

游弋在寂静太虚中的清凉皓月，无论阴晴变迁，寒暑代谢，无论是朔是望，是亏是盈，周遍皎洁的朗净圆满，终究常在。

春晖

秋天来了，你离开家乡多久了

晚上打电话回家，我妈买菜去了，我爸接的。他问我国庆放几天假，回来不。我说，回去也可以。

这么说，也就是本来没想过要回。想了想，这十年里，国庆只回过一次家。是 2008 年大学毕业，我没考上研，工作到国庆，辞了职，回去住了几天。后来考上了，就再也没在国庆回家过。在广州，和同学一起去琶洲看烟花，去珠江夜游，或者在宿舍玩三国杀；在北京，和同事一起去北海划船，去香山看红叶。总之，没再回过家。

一是觉得麻烦，才七天假，路上就得折腾两天。二是觉得，回家能有什么事呢？

家里没什么事，也没什么好玩的。县城从东到西，从南到北，逛下来都用不了一个小时。无非是扬起灰尘的街道，大喇叭播着土掉渣儿的歌。但小时候，觉得县城很大很大。

那会儿，我家住在北关百货公司家属院。爸和爷爷都是百货公司的老职工。家属院离县城太远，我们把那里叫"北大方"。

家乡话 h、f 不分，大人把"荒"也念成"方"。五岁上小学，课本上说北大荒是鱼米之乡，棒打狍子瓢舀鱼，野鸡飞到饭锅里。我想，北大荒不就是我家那儿吗？

还没上幼儿园的时候，爸带我上街。他骑一辆凤凰牌大自行车，我坐在前杠上。每次上街，我都能见一回大世面。那时候，似乎常常见到很大的世面。今天不行了，在北京，也见不到什么世面，一墙之隔的机关大院、豪华会所，离我的生活很遥远。

那时候，爸在街上给我买了红气球，吹得鼓鼓的，用一根毛线拴好，我捏在手里，兴高采烈穿过闹市回家。像凯旋的战士缴获好多兵器，像出猎的将军载回好多猎物。其实那不过是一只小小的气球呀。幼小的我满心欢喜，欢喜就像红红的气球那么大。在尚不知晓尘世艰辛的年纪，颠簸在自行车的前杠上回家。不知是充盈的喜悦让我忘乎所以，还是坑洼的路面跌宕着幼小的身躯，在拇指颤动的一刹那，红红的气球飞了。

飞向路边的大树，挂在枝丫上。爸停下自行车，把我抱下放在路边，自行车靠在树上，蹬着车座就爬上去了。街上好多人。他噌噌几下爬到树很高很高的地方，抓住了气球。那时候，他还不到三十岁，敢在众目睽睽的闹市，爬上大树去够一只红气球。

爸重新把气球递到我手里，可惜，在家门口我又一次让气球脱手飞走。我迈过小小的水沟，气球刚好比我踮起脚尖伸出胳膊还高了一点点。我蹦起来，那一瞬间，气球又飞高一点点，我终于没够到。红气球飞过屋檐，飞过烟囱，越来越高，再也没有下来。

那天傍晚，我坐在门前小凳上写作业，看见远远的天边有个红彤彤的东西，小小的。我坚信那是我的气球。于是跑出去，一直跑到家属院尽头，被一堵墙拦下，气球还是离我那么远。我沮丧地在墙边站到天黑。

几年以后，那堵墙终于被拆掉的时候，百货公司垮了。爸下岗了。当时正值南下创业的热潮。爸很想去深圳、海南。终于因为妈哭着说我太小，爸留下了。这些我当时都不知道。放到现在，我很能理解爸的想法。那时的他正处在今天的我的年纪，县城太小，小到无处安放一个盛年男子的勃勃雄心。也许只有幼小生命日渐成长的喜悦，能对此略作系缚。

父亲三十出头的时候，因为做了几年生意，我们一家三口终于不再租房子住。这微小的成功滋长了盛年男子的骄傲，甚至令他忘掉胜利本应归功于伟大的时代，自己只不过恰好站在时代的节点。

明白这些是需要时间的，后来许多年每况愈下的生意
向他一再揭示这真相。真相说来并不复杂。只是有时候，不
明白不是因为理智，只是因为情绪。也许一个人必须到老的
时候，才终于肯说出"臣之壮也，犹不如人"。于是，倏忽
二十年过去了。父亲也要退休了。

今天的我，也可以说对这道理是明白的，但这只是嘴
上的明白，和人说起头头是道，而事到临头，仍不免重蹈覆
辙。为大饼而喜悦，为幻想而难眠。总是不愿意面对自己的
渺小与普通。

我会随时随地掏出手机，看看公司的产品，不错过每一
条重要的新闻，觉得世界上发生的一切大事都和我有着密切
关系。我字斟句酌发出去每一篇稿子，不停关注它们的阅读
量和转发数。出门和朋友吃饭，很自然就聊起今天看了哪些
新闻，想写什么稿子。无论看到什么，都会想起我的稿子。
罗素说，一个人精神崩溃的前兆就是觉得自己的工作无比重
要。我现在就是这样。

就这样，度过一天又一天，除了该打电话时，我很少想
起父母。我曾把邮箱的天气预报地址设成家里，想不时关注
家乡的天气，就像妈关注北京的天气。可我想到这里，才发
现已经很久没留意过家里的冷暖了。就像一晃之间，已经有

六年国庆节没回家了。

我一个人在外边生活，懒得做饭，满北京找各种好吃的。每次尝到前所未见的东西，总是想，要是爸妈在就好了。小时候，难得有机会下馆子，每次去，碰到新鲜菜品，妈都问我有没有吃过。那时候，我爱吃鱼香肉丝、孜然羊肉卷烙馍。每次去饭馆，妈都给我夹，给我卷，问我好吃吗。

妈拈起一张薄薄的烙饼，夹起羊肉和大葱，均匀涂上一层酱，再包裹得圆滚滚，像迎接新年的小胖墩，酱汁却不洒出来一点，然后递给我。我至今没学会这种手艺，能把一张烙饼裹得如此齐齐整整满满圆圆。也许是因为我还没有自己的孩子吧。就像我五岁的时候妈总能用菜刀三两下就把铅笔削得又长又尖且不容易断。那样的手艺我没在别的任何地方见到过。我曾让爷爷、奶奶给我削，也曾见过其他人削，所有人都削得又粗又笨，而且容易断。我爸只能先削两下再在地上磨。只有我妈，能削得比卷笔刀卷出来的还好，有峻挺的棱、锋利的尖。我后来的人生中，至今没有再见过。无论将来的我，会见多大的世面，它们的所有加起来都抵不过我五岁的时候从父母身上见到的世面那么大。

有时候，我很想父母也在北京，这样就可以带他们去吃各种菜，淮扬菜、云南菜、贵州菜、广东菜，还有各式各样的西餐和甜点。我不会像小时候那样，笑着问他们没吃过吧。因为知道，他们确实没吃过。而我那时候只有五岁，他们现在都过五十了。

今年春天，妈想去武汉检查身体。在武汉一家医院里，有我的一个舅姥爷。他退休了，是个干部。我五岁的时候，他在传说中是很大的官。现在看来，他是年少时有天赋和机遇走出家乡的少数人中的一个。他在医院干到退休，单位分了套大房子。妈想检查身体，给舅姥爷的女儿打电话。她说舅姥爷清明回老家了。一声不响，没告诉亲戚就回了，手机也没带。

她说，舅姥爷会在东家西家来回住，这里住两天，那里住三天。住一阵子再回武汉。我想，一个人在大城市生活那么久，到老了，退了休，倒想回老家了。睡睡木板床，吃两顿手擀面，嗅嗅混杂着泥土、牛粪和庄稼的味道，听屋檐下大清早就叽叽喳喳的麻雀。有些烙印大概是一生都难以抹去的吧。

不久前，我写了篇《离开家乡的人为什么不愿意回去》，写完了想，那是因为他们年轻，所以来不及停下来，所以一直在奔跑，没有转身的时间。而到了暮年，终于发现自己的渺小，发现一生所获其实还是多半受赐于父母，这时也许开始眷恋家乡了。家乡不是地理上的地方，是一生走过又难以回首找寻的路途。

不管怎样，一个人如果在一片土地上生活过最初的十几年，这辈子无论走到哪里，那些记忆都像幽灵一样追随着你。就像与一个人爱恨纠葛了十多年，后来，无论你如何淡忘，那身影也早已浸入灵魂。

秋天来了。小学课本上写道，大雁向南飞，一会儿排成人字，一会儿排成一字。我从没见过大雁的迁徙成阵。也许小时候见过，后来忘了。可我不怀疑这句话的真实。在这座城市，能见到的只是高楼，川流不息的车龙，以及飞机降临的夜空下一片纵横的灯海。它令你向往，又令你绝望。向你揭示高山大海，桥和风景。而这也许不是我想见的大世面。我自幼听闻却终未曾见的大世面，是秋天来了，大雁向南飞，一会儿排成人字，一会儿排成一字。

无论如何，秋天是真的来了。山林开始变黄，枫叶开始变红，在一夜之间，被风吹起，飞舞漫天。它们在天上就如同我五岁那年的红气球，飞过高楼，飞过城市，飞过河流与山川，又落向大地，化作泥土，回到永恒的家乡。

生命何待雨停

最近因为家事滞留在河南。但真正让我痛苦的，还不是事情难办，而是我爸的情绪。我想尽一切办法请人帮忙和咨询，爸总认为是徒劳。我向朋友请教印泥形成时间的抗辩、不安抗辩和预期违约的效力及适用范围、表见代理这些，而仅仅是问我爸被告的住所，他就觉得毫无必要也毫无道理，怪我做事迂腐太书生气。他的想法很直接——抱着被子住到欠款人家里，就是要钱的最佳方法。

事情一筹莫展，晚上吃饭，爸突然说：等钱要回来了，做点什么呢，总不能没有事干。听到这话，我的心"咯噔"一下。太可怕了。如果他这种想法迟迟不去，我宁愿事情解决得慢一些，折腾得久一些。

也是在这时候，我发现妈身上可贵的品质——在困顿中不失对生活的热爱。她前天路过花市，看见两盆花好，买了回来。昨天又看见两盆发财树好，抱不下，先买一盆回来，就被我爸批评，说现在哪儿是养花的时候。我又跟着去买另一盆，已经被人买走了。

爸不仅把自己家的钱投进去，还介绍了不少亲戚朋友把钱投进去。人家跟欠款人连面都没见过，现在出事了，人家只好来我家。要钱的人上门，有些也并不开口提钱的事，因为平时关系也不错，多少有点不好意思，人家只说，买面条路过，进来坐一会儿。妈就指着盆栽给他们：看这发财树多好看。

下午，坐在店里，妈说，我去买点芹菜和猪肉，晚上包饺子。我有点儿欢喜。不是因为爱吃饺子，是听到"买"这个字，觉得还有些烟火气。这些天，被折磨得都恍惚了。

突然觉得，如果一个人还能想到买东西，他对这世界还是眷恋的，对生活还留存一点热爱，哪怕像寒冬里的一滴泪，初滴下来也有温吞的热。

昨天晚上，我带小外甥逛商场，给他买了彩色铅笔、水笔、笔记本和成语词典，花了不到一百块，他喜欢得不得了。现在，我听到"买"字，也仿佛有些复苏了。

今晚，妈剁饺子馅、擀饺子皮，我凑过去包。妈说，十块钱的肉，两块钱的芹菜，够咱三个吃两顿的，要在外面嘛，一斤就得几十块。她爱算这些账。我想的是：一年能有几次和家人坐在一起包饺子的时候呢？一生，又能有几次？

自从十六岁离开家乡读书以后，只有两个春天曾在家中逗留。一次是六年前，考研失败，滞留在家。然后就是现在。还记得三岁时的照片，我左手牵着父亲，右手牵着母亲，在河岸上照相，两旁是金黄金黄的油菜花，倒映在明澈的河水中。如今，又看到了家乡的油菜花。

人生苦短，远没有想象的漫长。十五岁那年，八月十五，一大家子聚在爷爷家闭门打麻将、吃月饼。笑语欢声，直到后半夜。回去路上，才发觉起了玉露金风，秋天来了。把自行车停在街巷口，吃一碗馄饨，大瓷碗在萧瑟的夜里冒着热气。那时我以为，这样的景象年年会有，但从第二年起，出去读书，就再未见过家乡的秋天，没再在家过八月十五。如今爷爷已经不能走路了。

从前想，理想的生活就是挣很多钱，去没有去过的地方，结识陌生人，看异于家乡的风景。这驰求的心，从未因事业上的幸运，带来长夜的安稳。倒不如将窗户打开，案几拂拭得明净，安心包顿饺子。

吉田兼好《徒然草》里讲，众人聚在一起，有人说，和歌中的"赤穗的芒草"有一种不同的发音，远在渡边的圣师了解其原委。这时下起了雨，在座的登莲法师起身问："有蓑衣和斗笠吗？请借给我，我要去渡边。"众人说，也太急了，何不等雨停了。法师道："你们说什么呢，人的生命还在等待雨停吗？"

真令人肃然起敬。

鱼之宿命

清明节，爸回老家上坟。我和妈在店里。家中多年的积蓄和贷款被卷进民间借贷，要不回来，父母愁得发狂，睡不着觉。我从北京请假回来，但也不知道该怎么办。上网搜市长热线，找领导的联系方式，没有任何答复。

疲极下楼，妈问，要不中午买几条鲫鱼吃？我说好。我很喜欢吃妈炖的小鲫鱼。在北京的时候，第一次在汤城小厨遇见味道差不多的鱼汤，开心得不知所措。

等妈买完了，我去洗手间，见门口盆里盛着五六条小鲫鱼。我以为是死的。走近一看，两只小鱼正张着小口露出水面呼吸。原来是活的。在盆里微微蹿动。

是啊，谁买死的呢，都买活鱼。只是，再过不久，妈就要拿刀把它们杀死，把鱼肚剖开，做成饭桌上的美味。

要不了太久，碗里可口的东西，是现下正活着的生命。

虽然蜷缩在小脸盆里，但还能挣扎，呼吸。

我忽然不忍，见它们活着，用力呼吸，心里很难受。之前，也在饭店见过鱼缸里的活鱼，那时候没有太多感觉吧。从广州到北京，好像都吃巫山烤鱼，师傅把活蹦乱跳的鱼拿出来给你看看斤两，验过是活的，再杀。就着啤酒和大拌菜，对着夏天傍晚的凉风，蛮惬意。可今天，突然就难受了。

我不再理会鱼，又上楼去，继续在网上寻找一切解决办法，给有关部门信箱留言。毫无头绪，纷繁杂乱，可在这一团乱麻中，总隐隐有一丝线悬着我的心，让我时不时就想到那些鱼。它们只比巴掌大不了多少呀。

小时候，见过杀鸡，见过宰牛。杀鸡是用刀割脖子，底下放只碗。刀使劲一划，血像水管炸裂飙出来，但瞬间就没力量了，碗也很快接满了。扬手把鸡一扔，鸡先扑腾起来，亢奋地要活命，忽然就不行了，跌落地上，挣扎两下不动了。上小学的路上，有个宰牛点。碰到杀牛，路过的学生都围观，又不敢离太近。牛一开始不知道自己要被杀，等磨好的刀拿出来，绳子要朝蹄子上捆去，牛察觉不对，想跑，已经晚了，牛就会默默流眼泪，甚至跪下来。我们那些小孩儿，都见过牛哭。

阿弥陀佛。

我不好意思向妈提出，把鱼放了。从小到大，我从来

没有那样提过。我不愿让她看到，她所不了解的我。我希望
她的儿子对她而言，永远是最熟悉的，始终没有变化。我难
受地走到洗手间门口，看了看鱼，又上楼，又下来，再上
去……

来来回回几次，心里始终没有着落。马上就该做午饭
了，妈已经拿出电饭锅开始淘米，那些鱼儿依旧伸出吻用力
呼吸。我装作随意的样子，走到妈面前："你买的鱼，怎么
是活的。"

"不都是买活的吗？"

我不知道该说些什么。

如果把它们送出去，放生，送到哪里呢？县城找不到没
有污水的河流。送回鱼市场？肯定还是付诸刀俎了。我干脆
想：这是它们的命吧，我一点办法没有。

再次离开水盆时，我觉得，自己和父母，就像这些鱼一
样；这些天来的所有努力，一切企图自救的挣扎，皆于事无
补。那些鱼儿从池塘来到鱼市，又来到买鱼人的家。生命留
给它们的空间，从广阔的天地、山野、河谷，变成脸盆那么
大。它们依然将小小的头颅探出水面，用力呼吸。恐怕它们
不是无知的吧？并非看不见命运吧？可那又能怎样。

在鱼儿从水里被人捞起的一瞬间，虽然四周依旧是池塘
春草，园柳鸣禽，可接下来的命运已成注定，再难改易。

　　果真如此吗？也许我可以成为它们的上帝，抱起出门，骑上自行车，跑出城外，到乡下找片池塘，把它们放了。那样，它们就可以重返天地间。可是，我没有勇气。

　　既然这样，我又有何理由期待我的奇迹出现，期待有谁对我家施以援手和垂怜？

　　从今往后，再不吃鱼了吧。

梨花落后，柳絮飞时

回到北京，绿萝瘫在地上。"飘扬血色裙拖地"，是这种感觉吧！太久没浇水了。打量着回家前新租的房间，不大满意——租得太仓促了，弥漫着烟头和下水道的味道。

一张大床，两个衣柜，带个阳台。因为阳台，房间被挤小了。小到没有桌子椅子。我很犯愁。没桌子，就没法写东西。好在先前买过几捆 A4 纸准备打印藏经，摞起来，能凑合当桌子。

但生活不能凑合。无论怎么挤，也得有张桌子。如何腾挪房间，颇费脑筋，像玩华容道。腾挪之下，整出半米走道，阳台的窗只开半扇，另外半扇后面，恰好够放一张小桌。

上网淘了个组装桌，拿起锤子和螺丝刀，叮叮咚咚捯饬起来。我不擅手工，一张简单的图纸，反复看了五六遍。装成，螺丝挨个拧紧，提刀四顾，夕阳透过窗台打进来。

还少把椅子。可房间实在没空了。所幸阳台尚可立足，于是又淘把藤椅。之前找房，在豆瓣上看过一个复式顶层，自带小花园，丛花中摆张小桌，可以边喝茶边翻书。当时就心仪了，只是入住要等，我又着急回家打官司，等不及，就错过了。

抬眼望去，斜对面是个小阁楼，楼顶虽然没有花，却也在视野所及。我又感到新房间的好处。北京尘霾大，露天看书，怕要喝进不少。在阳台上，既可以欣赏景致，又能摒却尘霾。小是小了点儿，但也有它的好处呀。

现在，还缺个书架。这次是无论如何也腾不出空间了。只恨衣柜占地方，衣柜有两扇，一扇就够装衣服的。多出的一扇，把书码进去，取放非常不便。想查一本书，得搬出来很多本。从前租的房间虽然也小，但有两面书架墙，书可以从容摆放，随手可取。一回房间，见两壁图书，自然欢喜。不过，也有个坏处——坐拥书壁，容易产生错觉，觉得自己很饱学，人就傲慢起来了。

我读书慢，一个月，精读的也就一两本，随手翻的三五本。半只床头柜够用了。这样想，把书收进衣柜也不是坏事。书不在眼前，倨傲心大概会少些吧。其实，很多书没啥价值，逛书店一时手痒买下，回头又后悔。丢了吧，是本书，不丢吧，占地方。不如回头捐给图书馆。自己这些年从图书馆受益，也没回报过。爱的书，需要再用的，就留着。其他捐了吧。让一样物品去它该去的地方，比陪着自己强。

回到北京，家里的事没法自己跑了。需要的材料，写好发给妈。她不会用邮箱，本想用快递，但耽误时间，而且今后还要寄更多。于是电话里教她怎样注册邮箱，怎样下载附件，怎样把材料空白的地方填好。今天打电话回家，爸正在整理材料。我有点欣慰，觉得这是件好事。无论如何，他可以亲手做些什么来对整件事情有所帮助。无论这帮助起到何等效果，至少在做事中，心会稍稍安定。就像我拎起锤子组装书桌时，会为正着手改变处境而喜悦。

人总要面对不熟悉的事。只要没有负面的情绪胶着在对陌生的畏惧中，此事就对生命有意义。

之前因为着急回家，仓促租房，被黑中介骗了。在某网站看到租房信息，说没有中介费，再三向中介确认，说确实没有，等一万多块钱交完，找我要"服务费"，还威胁我。我恼了，去派出所报案，派出所说，这是经济纠纷，隔壁就是法院，找法院去。我写了篇文章发在网上，黑中介倒不着急，没想到某网站急了，因为正忙着融资合并，他们的公关总监到处找人打听我的电话，说那一万多块钱他们出了，让我删去文章里网站的名字。我说，删名字没问题，但钱不能你们替黑中介出，不是这么个逻辑，不能让黑中介这么猖獗。于是，家里官司起诉了，回到北京，又起诉黑中介。平生从未打过官司的我，在老家和北京，两头有了官司。

今天，为了立案，跑了法院六次，终于立上了。诉讼费才六十块。想到这里，就很欢喜。之前公司领导说，打官司的花费怕要超过涉案金额，我亲身尝试才知道，领导也不懂。很多事情都是这样，亲身试一试，才知道世界和想象的差别。诉状是自己写的，请教了懂法律的朋友，拿去立案庭，才晓得各地法院要求不一样。

立案庭说，诉状写得太糟糕，要像小学生写记叙文，不要说"原告"怎样，直接说"我"怎样。我很惭愧，自己瞎当个主笔，写的东西还不如小学生的记叙文。

回来路上，前单位的办公室主任微信我，说一本转我文章的小杂志寄到了，让我去领。我说杂志就算了，不是钱就不领了，正打官司呢。最近，我多了个托词。从前人家找我，我忙也不好说忙。现在人家找我，我说，忙打官司呢。人家就说，噢，那你赶紧忙吧。

我把绿萝枯萎的叶子剪掉了。这盆绿萝，买它才花了二十块。但重要的不是买，而是把它带回家，浇了那么多次水，摆在床头看它一点点长大。所以，满城的春色都抵不上我这一盆绿萝。春色无主，而绿萝是我的。常读佛经的人，真不该有这样的念想。所幸只是叶子枯萎，根还没有死。叶子剪掉，浇上水，等了几天，光秃秃的枝条又似乎有些振作的模样了。也许终有一天会长出新叶吧。

我的咳嗽，因为停了药，又有点反复的意思。这些都在所难免。那么久的咳嗽，哪能很快好。"商兑未宁，介疾有喜"，"无妄之疾，勿药有喜"，需要的只是耐心等待。春天的余寒还在，而柳絮已经飞了。

找对象和发财

　　昨天晚上打电话回家，妈又催我找对象、买房子。《世说新语》里，谢太傅每次和亲友作别，就得难受好几天。每次妈在电话里说这些，说自己愁得不得了，我就得心里不舒服好几天。

　　我生活得很好，可我妈觉得我生活在水深火热之中。我该怎么向她解释，我人生中的三十年，还没有什么时候比现在更好，这是从来没有过的。我自问，恐怕以后都很难再有现在这样自在安适的时光。

　　父母年纪都大了，身体也不能说很好，我爸抽烟喝酒，酒基本天天得有，我妈有高血压、腰椎间盘突出，体检单上能列出十几项。所幸还没有大问题，还算基本健康。我不可能不知道这只是暂时的。家里几年前把钱投进民间借贷，打了几年官司，爸妈每年都觉得，到明年钱就差不多能回来了，现在还这么以为。好在家里基本的经济底子也有，我这两年也挣了些钱。现在我和父母都处于经济稳定、生活自由的阶段。父母都退休了，我也不用上班，每年甚至能在家里住上几个月。这种一家人自由、宽裕又大体健康的状态，我都觉得阿弥陀佛了。不知好景能持续多久，我对眼下的光阴异常珍视而感恩。哪里还有更多奢求。

去年爷爷生病过世，那期间，父母总算没太提我找对象和买房子的事，之前家里因为官司揪心，也顾不上。现在，终于有了短暂的安宁闲适，父母却没有福报去享受，又在本不需要焦虑的地方，生出许多担忧。

今年四月底，父母跑到北京看房子，又到燕郊、大厂看。中介拉着我们，到一个离燕郊还有四十多分钟车程的地方，样板房装饰得很好，爸一眼看中了，当时就想买。还好他们没钱。

妈在电话里总念叨，没有房子，没有房子。但我一个人在北京租七十平的房子，还想怎样呢？每天睡到自然醒，连午觉都要把手机调成飞行模式，这样的生活，再要求房子也过分了吧。

上周，豆瓣有个网友在我文章底下评论，说我的生活不可取，是对现实社会的消极逃避，应该走出来，勇敢面对社会，找一份工作，养活自己，从基层做起，从边缘的工作做起，慢慢接触到核心。我本来是不打算回复的，要关掉网页时，突然想到，自己也对好多人有过类似的劝告。之前在凤凰网时，碰到一些年轻的读者，没有工作，也不想找，就干脆去考研，也考不上，成天泡在图书馆，说是充电。对他们，我都是劝先找个工作，养活自己。我想，也许这位网友以为我跟他们差不多，坐吃山空，靠父母养活，就回复他，我现在的收入比上班时还高些，不上班并不代表不做事情。没想到，他又告诫我，自媒体的红利时代已经过去，要尽早为未来打算。我好奇，点开他的页面看，签名很励志，说正在完成毕业后的第一个五年计划，希望不被时代的大潮抛弃。我就没再回复了。

　　如果是陌生人，或者关系不太近的朋友这么想，这么看我，我觉得没什么，毕竟离得远，不理解是正常的。但父母也是同样的看法，我很难不郁闷。妈问我，最近怎么没广告了。我说，没有就没有呗。她说，那以后怎么办？两年前，我从来没接过广告的时候，她没有这忧虑。因为接过一些广告，现在又有点回复到从前，她的忧虑倒来了。

　　其实，没有才是正常的。有是运气。你不能因为天上掉下来两个馅饼，就怪老天爷为什么不掉四个。这已经够好的了。我的积蓄够花相当一段时间了。只要没有突如其来的灾难，不得大病，人不残废，这辈子没饭吃、没钱花的概率，应该说不是很大。我也花不了太多钱。现在，住处靠近学校，吃食堂，有时候一天只吃三十块。花钱少不是因为缺钱，是因为没什么需求。《小品般若经》讲，好的修行者是不贪饮食的，他们打坐时有非人供养妙香，吃那个就饱了，对世间段食就没什么兴趣了。我虽然没达到那地步，但对食物也兴趣不大。

妈说，你怎么老写佛教，不写点别的？她对我写佛教很有意见，觉得别人都向上，我向下。觉得我的阅读量一直掉，就是因为写得越来越偏。我不知道该怎么跟她解释。她觉得能挣钱的才是大道、正道。我何尝不想发财呢。我是金牛座。老早就想发财，现在还想。但是，发财要有发财的命，要吃发财的苦，要受发财的罪。我不想别人一个电话我就得屁颠屁颠跑过去，更不想赴那种别人听说是坐地铁来的还嗤之以鼻的约。

有个做金融的朋友说我，应该多去接触人，跟人打交道。我说我也接触啊，每周都出门见朋友。她说，见朋友不算，你要接触那些让你不舒服的人，要学着跟你不喜欢的人打交道。我说，挣钱不就是为了自由吗，不就是为了不想搭理的人就可以不搭理吗？我现在就差不多是这状态呀。

我妈建议我写些情感文、热点之类的，好好把公众号做起来，努力挣钱，积极向上。那些东西我写不过人家，我的关注数连人家的零头都没有，尺度也放不开，叫我怎么跟人家比呢？而且，那样的人，真不缺。倒是能写我这些文章的人，还真不多。我觉得自己手里是个大西瓜，父母觉得不值钱，要我丢掉去捡芝麻。

上世纪五十年代初，金庸到北京面试，想进外交部，后来没进去。他当时大概也会觉得遗憾吧。但如果金庸真的进了外交部，他就毁了，他会成为一个好外交官，但是，十个好外交官，给予世人的欢乐和裨益都抵不上后来的金庸。李安二十多岁去面试，没有单位要他，假如有一家待遇优厚的公司要了李安，李安这辈子就毁了。假如我现在做生意，发财了，发大财是不可能的，发一点小财吧，那么，我可能就毁了。那不是我的禀赋所在，而在目前的道路上，我很清楚自己有望走多远。

虽然不该和别人比较，但我还是想说，如果让我拿自己的生活跟别人交换，恐怕一百个人里面，至少九十九个我不愿意交换。如果可以不客气一点说，这个比例还会更高。我对别人的生活不太羡慕。哪怕他比我有钱，有地位，有势力，有名声。但他拥有的那些奢侈，我不是很需要。我也有欲求，碰到合适的人，也希望恋爱、结婚、生子，但这不可以强求。

现在我没结婚，妈成天发愁。哪天我结了婚，她可能更发愁。她希望我找个会做饭、洗衣服，承担家务，能够好好照顾我和将来孩子的人，像她在家中承担的角色。她不知道那样的时代一去不复返了。教我英语口语的老师，婚后去公婆家，公婆让她探望老人，她拒绝了，她说我很累，我有自己的工作，我是跟一个人结婚，不是跟一家人结婚。她警告公公：如果你再提这种无理要求，我以后再也不会来了。

朋友小聚时我说起口语老师的事，两位姑娘立刻拍手：干得漂亮！这种事如果发生在我身上，爸妈要气坏吧。我要真结了婚，就顾不上他们太多了，因为有两个家庭需要平衡，有孩子需要照顾。如果闹离婚，分财产，或者孩子有什么病和灾，他们面对的痛苦要比现在更多吧。没办法，有些众生就是这样，如果没有事情引起他们的焦虑和痛苦，他们就会创造出一些事情令自己焦虑痛苦，并传递给周围的人。从痛苦的制造和传递中，感受自己的存在与控制。

我小时候渴望捡钱。有段时间，每天放学路上，跟同学讨论的都是关于捡钱的事。虽然那时候很少捡钱，最多一次也只捡了五块。这两年，我发现捡钱的次数多了点儿。但我真的不希望再捡钱了。每次捡到钱，就像捡到烧红的烙铁。这么说有点夸张。但确实高兴不起来。没有一个人是靠捡钱发家致富的。当然，有些人发家致富，钱来得轻易程度和捡差不多，这种情况，菩萨天人并不随喜。我捡到钱，就意味着有人损失了钱。别人从钱的损失中受到痛苦，但我并不会从捡到钱中得到快乐，因为我并不需要钱，更不需要这样来的钱。但我如果碰到还是要捡，因为不捡就被别人捡了，捡钱对别人来讲，也不是什么好事情，而且，那样，这钱很可能会到一个并不是很有意义的地方。我捡了，一般把它放在别的口袋，去给乞丐，或者买猫粮喂流浪猫，算是替别人给乞丐、替别人喂流浪猫。这样，这钱虽然丢了，去处至少不算太坏。

见过不少人，做梦都想着怎样把别人的钱变到自己口袋里。我也希望别人的钱能够到我口袋里。但更希望别人是清楚明了地、快乐地、心甘情愿地这样做，就像我心甘情愿地去喂流浪猫。就像我们心甘情愿请朋友吃饭。不过，朋友不只是身边的人。一切有情众生，都是自己的朋友。如果有了这样的认识，我想，至少这一生一世，乃至生生世世，都不会太穷，都至少会有口饭吃，都能依食而住。

前天看视频，一个卖牛的人，为了卖个好价钱，往牛身上注了百十斤水，牛痛得直流眼泪。这样愚痴，还自以为聪明，一头牛坑别人几千块，觉得赚了。还看过个视频，三个非洲的小孩，玩互相打头的游戏，你打我，我打他，他打你，被打的不能直接还手，要打第三方，循环地打。每个孩子都觉得要打别人更用力，才能把赔了的赚回来。娑婆世界的众生，就在你坑我、我坑他、他坑你中，营造这浊秽的世间。假如不得不参与，故意下手轻一点，乃至不打，别人还觉得他傻。因为这因缘，我们都不得不彼此伤害煎熬呀。

鱼龙窟宅与维摩丈室

残腊既尽，随便写点什么吧。

今年就我和父母三人过年。问二姨一家来不来，他们说不来了，可能是嫌远。中午堂弟来吃了饭，下午也回去了。就三个人，虽然算不上热闹，也是圆满的。能聚在一起，就是殊胜的因缘。

我说不用做太多菜，我妈说过年兴剩下。我爸让我喝点酒，说过年兴喝酒。兴喝酒，我也没喝。我爸喝了点儿，又说起我找对象的事，说着说着我又有点急了。

我爸说，他有个很可怕的想法，不太想说，说了大家都不高兴。我说，不想说就别说了，知道不高兴还说它干什么。他不说，我也大概知道。我亲近佛教，写佛教的文章，他怕我有一天去当和尚。

当和尚是不太可能的。我也有情感的欲求，世俗的好乐，和绝大多数人一样的。父母原不必为此多虑。可是他们不了解我的想法。我爸说，你怎么想的，我们一点都不知道，你也不跟我们说。其实我挺想说，只是生活的鸿沟和观念的隔膜，确实到了很深的地步。而我又缺乏智慧善巧。每次和我爸说话，他几乎都喝酒，他喜欢自己说，不喜欢听别人讲，别人一讲，他就打断，说该这样，不该那样。很爱去臧否别人的生活，尽管那些生活他从来没有经历过。于是我也懒得说什么了。既然他爱说，就听他说吧。

我爸说，他大叔，也就是我的叔祖父，信佛。曾祖母也信佛，祖父在世时提过，她是童养媳，从小到男方家里，怕婆婆刁难，怀疑自己偷吃，于是茹素。我爸说，曾祖母信不信佛，他不知道，他大叔应该是信的，因为不吃肉，总干好事，从来没干过坏事——只有一次例外，"我在地里捡了个红薯，他看见了，说，你赶紧回去吧，别让队长看见。就这一次"。

这样的事，在人人都可能饿死的年月，怎么会成为瑕疵呢？大概在我爸眼里，好人就是高尚的人，不接地气的人，只存在于传说里，不能作为日常的效法。我爸为叔祖父惋惜，说他是庄上最好的人，却得了最差的结果——没有后代，打一辈子光棍，老早死了。只有到清明，兄弟的后人烧纸时，顺带给他烧几张。

昨天上午，下乡给祖父烧纸，习俗叫"请老人回家过年"，也就顺带给叔祖父烧了几张。今天听我爸说起他，我是随喜赞叹的，不过也不方便表露——这样的人，在世间，在众生眼里，是失败和不幸的典型呀。

吃早饭时，家里发现了一只蚊子，飞到天花板。爸拿着毛巾等它下来。我说，别管了，弄它做什么。我心里想，蚊子能活到过年不容易。就是个要饭的，平常去人家门口乞讨，总有人不给，但到了过年，再吝啬的人多少也会给点儿。更何况蚊子。后来蚊子飞下来，爸还是把它拍落了，说这么有生命力的蚊子，要活到夏天，不知会繁殖多少。他说的也挺有道理和逻辑。我也不能再说什么。不容易交流，看起来是交流的问题，根源恐怕是对万事的理解吧。

我爸又喝了杯酒，说，算了，不说了，过年了，要高兴一点。我想也是，过年了，应该高兴一点。早上在房间画些小画，一天没出门，干脆趁年夜饭后出去转转。穿着棉裤，没有笼外裤，反正是夜里，除夕的街上也没什么人。

路过小区门口，见保安坐在门岗里看监视屏。这是年三十的晚上，没有暖气，门窗也不能关，没什么可看，只有看监视屏。想想自己还能和家人团聚，吃顿年夜饭，已是圆满之至，还有什么好奢求呢。乃至种种唠叨，都不能不说是福祉。昨天请老人"回家过年"，我爸说："爸，妈，过年了，来接你们回家。"祖母故去二十一年了，祖父也故去一年多了，老人在世时，可能是难为情，这样的话从来不曾说出口。而隔阂的鸿沟，终于随着老人故去，被此生终于不能再相见的怅然填平。在世间，也许唯有这怅然能填平这沟壑吧。

十年前，我还在读研，寒假每天早上醒来，睁开眼睛，就想两个愿望：挣点钱，有个女朋友。第二天睁开眼，也这么想。第三天，还是如此。一年后的冬天，所想仍然无非这两样。那时候，读书之余做些兼职，挣点辛苦钱。曾经夜晚十点被雇主叫走，到酒店连夜写报告。我干活最多，可当雇主跟别人谈报酬时，还特意吩咐我"出去打个电话"，我反应了半天，才明白是让我回避。因为我是学生，学生太便宜了。

那些想法，并没有促成心愿的实现，只令苦求不得的心愈燃愈炽。刚工作头三年，也是穷，穷得连脾气都没法好。周遭的种种，一而再再而三地证明自己的无能，又不愿意认。其实哪里是无能，只是禀赋没有逢着发挥的因缘。谁没有一点禀赋呢，可单一的评判标准和世俗共许的价值观、竞相攀比的风气，令一个人很难在别人都说他失败时还能对自己泰然接纳不起怀疑。

后来，终于慢慢有些积蓄，能稍稍缓解炽燃的心，回看过去，知道在那些念头的驱役下，多么苦迫不安。我对我爸的中年是有印象的——事业不算失败，很早盖了房子买了车，却总是为别人买了更好的车而心生不快。虽然宽裕，却从未因此安心，也不太因此而得到尊重，哪怕是家人兄弟的尊重。常常喝酒应酬，喜欢听各种吹嘘恭维，内心却摆脱不掉不能得到更多尊重、证明自己比别人更有本事的焦虑。被这焦虑缠缚大半生，又将同样的期待寄托于我——那样就能最终证明自己到底还是比别人强，因为培养了更成功的下一代。

我深深同情我的父母，同情很多和他们一样的人，同情他们没有真正品尝过好生活的滋味，没有在苦迫的人生中须臾卸下重担。可他们无从了解我的同情，我的同情甚至对他们是深深的伤害，令他们觉得好像是我看不起自己的出身，看不起父母。

我妈给我发过一条新闻，我们前县委书记判了十年，家里查出几十箱茅台。我想，假如不是被判十年，恐怕很多人羡慕那样的生活——喝酒就有茅台，别人见了你的家人就点头哈腰。有几个人知道那是多么卑陋不堪、充满不幸呢。可即便被判了十年，还是很多人羡慕那样的生活。

我希望父母能了解更多的生活，能在某些地方改变生活习惯与观念。可这很难。在县城新开了影城两年后，问我妈要不要去看电影，她说，家里不是有电视吗？电视都看不完，还看什么电影。父母来北京玩，一开始，我开导航，我爸经常让关掉，我觉得他是嫌费电费流量，他的理由是，这样下去，就对导航形成依赖了。

　　逛到南关，我突然想起贾政。对他充满理解与同情。古代在外地做官，不携带家眷的话，回一趟家得两三年吧。贾政与宝玉的见面，也并不多。贾政逼宝玉读书，是他的可爱与慈悲。贾政最欣慰的，就是看宝玉能写出好诗文，作出好对子。这岂止是通向仕宦的道途，更是通向贾政内心的道途。远在天涯的人，只要你读过他曾经展开的书，感受过他曾经感受的生活，领会过他曾经领会的心境，纵然山水遥隔，也不曾远离。否则，纵然朝夕陪伴，又岂能觌面相逢。江河是鱼龙的窟宅，桑槐是蚂蚁的王国，人们日日经过，却不知水族宫殿的壮丽、蚁类市井的欢愉。

秋分无事

秋分。

早上，妈说，等一会儿吃了饭俺去天安门，你在家就中。"俺"说的是她和我爸。

我说我也去。

她说，你不用去，你在屋里，该忙忙。

我说不忙。

前天已经去了一趟天安门。顺路去的，赶上周末彩排，不让进。沿着南河沿大街和南池子大街兜了一圈，没有看清花篮。他们明天就回河南了，还想再去看看。

我想查查是否开放。在管委会网站搜到消息，"9月23日上午10时，将根据广场实际情况恢复开放"。我仔细琢磨，觉得很有水平。开放或不开放，都没毛病。

将近十点到。出了地铁，人一窝蜂。很快，我和爸妈被冲散了。刷了朋友圈，没什么新东西，排得无聊，背一遍《普贤行愿品》吧。背完，没有挪几步。

几年前，故宫有个展，《石渠宝笈》，据说有《清明上河图》，去了一趟。赶在周中，还排了六七个小时。早知道排那么久，"清明上天图"我也不看。

为什么中途不走呢？总以为很快就排到。排了一个小时，后面攒起长龙，心想：大不了再排一小时。排了两个小时，心想：总不会再排两个小时吧？排了四个小时，心想：反正今天废了。于是又排了三个小时。

前面乌泱泱，什么都看不见。间或有人退回。我想建议不排了，又怕爸妈还想看。再等等吧。

半天，队伍挪了几步。其实谈不上队伍，只是人海。有个词叫"人海战术"，大概不是军事家发明的——人海是谈不上战术的，往人海里撂个炮仗，想跑都跑不掉，这就叫"人海"。

后面的中年男子双手交叠在腹前，中指顶着我后腰。我回头象征性地看了一眼，表达不悦。之所以象征性地看，是怕他尴尬。可惜意思没有传达到位，他的中指还是顶着我后腰。我又象征性地看了一眼。仍然没用。我没再回头看了，怕自己尴尬。

站在队伍中，我想，我不是一个爱随大流的人呀，尤其是随这样的大流。在大家都扎堆儿买房子的时候，我肯定是打死都不会买的那种。假如我是家长，别人家孩子一窝蜂报兴趣班、奥数班的时候，我绝对不建议我的孩子报。如果太多父母都在考虑怎样让孩子赢在起跑线，我就会考虑怎样让我家孩子退赛。所以，我现在还没有孩子，可能是我先退赛了。

我对扎堆儿有畏惧感。人被裹挟在浪潮里，无能为力。一阵风涛可以随时把你吹上浪潮之巅，旋即把你掀入水底。飞起不是你的本事，跌落也不是你的过错。你没有腾挪的余地。

有没有挤上前的可能呢？也有。但无论你挤得多巧妙，终究是要把别人挤到身后的。在扎堆儿的地方，如果你不想按部就班，一定有人成为你的垫脚石。

队伍前进缓慢。我做不到力争上游。大概像个一辈子熬不到副科的小职员。既然如此，不如出来吧。退出来，还能给别人腾点儿地方。前面依然望不到头。我微信问爸妈，人太多了，还排不排。

妈说快到栏杆了，爸说快到分界处了。分界处就是栏杆，人潮在那儿分成两大队，接着往前排。听他们的意思，仍然有耐心排下去。我就跟着再排会儿吧。

又背一遍《普贤行愿品》，队伍只是挪了几小步。

顶我后腰的人不知哪里去了，前面是位推轮椅的。不少人排着排着就从轮椅后面排到轮椅前面了。又过了会儿，那位汉子无奈，倒转轮椅撤了。我心里感慨，坐着轮椅来看天安门，也没看到。如果我排的时间能捐给他就好了。可惜不能，我就算撤了，也是白排。我甚至怀疑，仅有的前进，只是因为前面撤下的人腾出了空间。

终于到了栏杆分流处，陡然空出一小片地。那里没人，我站了过去。听到前面的喇叭声，劝后面的人去对面，对面不排队。其实，后面的人听不见。听见的人，也不舍得，毕竟排了这么久。不知他们是为了观光，还是因为舍不下付出。

队伍长久停伫，又时而往前挪。我在分流处难以前进，像大海的洲渚。

爸妈是不太可能退回来了。我不知该前行还是后撤。前面更加拥挤。如同许多地方，在抵达终点之前，竞争总要不断加剧。

《普贤行愿品》说：所有与我同行者，于一切处同集会。

这也算其中一处吧。再往前，就挤得背不了《普贤行愿品》了。

我停留了一会儿，发微信告诉爸妈：你俩排吧，我不排了，前面太挤。

人潮汹涌，挤出却不难。往前排了一个小时，往后，不到一分钟就出去了。

妈发微信，让我去对面，说对面不用排。这也是喇叭的建议。我朝金水桥望了一眼，人头攒动。我说：对面也得排。又说：不排我也不去。

掉臂去了东方新天地。买了盐岩芝士四季春奶茶。

收到微信，爸妈终于排进去了。

不过，我还是喜欢在商场喝奶茶吹空调。

已是中午，爸妈在广场也没有吃饭的地方。出来不知要多久。我想，自己先吃点吧。吃完如果他们还没出来，可以去涵芬楼逛逛。

要了盖饭。刚吃两口，收到妈微信：俺看完了，现在在地铁口，准备回家做饭。

我吃完回到家，妈说：你跑得怪快哩，俺也才回来。

我问：看住啥啦？

她说：啥也没看住。

爸说：早知道不去了。

现在，我们都到家了。从同一个地方出发，又回到同一个地方。

就这样，各自过完各自的上午。

就像各自过完各自的一生。

向警予烈士之墓

　　小学的时候，除了《语文》课本，还有一本《读物》。我更喜欢《读物》，《读物》更厚，有更多故事。《语文》课本没那么精彩。

　　大概是二年级的《读物》上，有一篇向警予的故事。讲她如何在武汉街头被特务跟踪，机警地通过商店柜台的玻璃察觉，又转身去后门甩掉特务。我很想知道她转出后门发生了什么，特务找不到她会怎么办，她是怎样回去的？住处没有特务盯梢吗？然而这一切，都无从知道。这个故事也就短短三页纸，到这里就结束了。多年后我想，谁知道是不是编的呢？也许编到这里，就懒得编下去了。

　　可那时候的我，对这个故事念念不忘。我当时没听过更精彩的故事，它早早在我心里占据了一席之地。

　　一天，搬了新家，单独辟出一间书房。闲来无事，在书房翻我爸的相册，竟然发现一张照片，他披着厚厚的大衣，站在"向警予烈士之墓"前。

我突然很羡慕我爸。羡慕他去过那里。甚至觉得好像他对向警予的故事更熟悉。

小学四年级，我们一家和我爸朋友一家去武汉玩过两三天。那时候，对我们来说，去武汉就是旅游了，而且是很高级的旅游。

第一天，住在武汉兵站。很豪华。宾馆门口铺着华丽的地毯。回忆起来，好像比现在很多高档酒店的还好。

我进宾馆就注意到了。办完入住出来，走到门口，我蹲下摸了摸，开心地向大人报告："你摸，软的！"

我得到了一记耳光。爸说："没出息！"朋友爱人走过来，笑笑："没事，多带他出来几次就好了。"

很多年后，一位朋友跟我聊起他小时候跟着大人从河南去山西。坐在公共汽车上，经过街衢，他趴在车窗贪婪地看，兴奋地回头喊："爸！看！高楼！"他爸瞪了一眼："别说话！"

从这件事情上，我受到教育，明白在碰见从来没有见过的场面时要镇定，免得像个乡下人。

时光的无情在于，故事的角色是转换的。从小学四年级到现在，也就二十来年吧。今年中秋，父母从家里来京，要去天安门看花篮，我也一起。进地铁时，妈面前的闸机出了点故障，刷了几次没进去，后来换了通道。爸在前面放慢脚步，等妈走过来，他低声说："你咋搞的，老是出洋相。"

他不知道，在北京地铁上，每天都有无数这样的事情。他过分敏感，怕自己像个外地人，像不熟悉这一切。

舅舅和二姨来到我的住处。临走，舅舅要给二姨钱，二姨不要，在门口争起来。因为是楼道，我很担心吵到隔壁的老太太和婴儿。我说，先下去吧。我不敢声音太大，而他们投入在争执中，把钱推过来让过去，完全没听到我的话。

我有一丝尴尬。时至今日，我很能理解父亲和朋友的父亲当时的话。理解他们的心情。同样的心情在我身上重现。不同的是，我可能从别的地方又受到一些教育，更倾向把尴尬藏在心底，不忍说破。

异日的说破与今日的不说破之间，相差了二十余年。这二十余年是时光的无情。我甚至隐隐觉得，那是慈悲而这是残忍。因为我似乎已经渐渐默认人在上了年纪之后难以改变，难以去适应新的生活与环境。我心中把属于他的未来可期默默排除了。由此才显得包容的样子。

想到祖父去世前几个月，父亲还和他吵过。我是不会和祖父吵的。因为我从来没有期待他能明白我的想法，毕竟九十多了。而父亲一直有这样的期待。

后来我到过向警予烈士之墓。

2015 年冬天，元旦逼近的时候，我去武汉做讲座，住在晴川阁。下午三四点钟抵达酒店，把行李扔进房间，出门溜达。对面就是龟山。

我随意溜达，往上走了也就十多分钟，向警予烈士之墓突然出现在面前。

我一点准备也没有。

看见之前没有一点准备，看见之后没有一点感觉。

我反复想：是不是第一次来？好像不是，又好像是。"好像不是"是因为，我分明记得小时候看我爸那张照片时的印象，以及想来这里拍照的渴望。而如今站在这里，完全没感觉。大概以前来过？

不，没有。那次来武汉旅游，第二天，从兵站换到一家便宜的旅馆，在旅馆里我说要去向警予墓，我爸的朋友说："墓有啥好看，埋死人的地方！"于是没看成。

黄鹤楼也没看。可能是去得太晚接近下班，或者票价太贵。只看了长江大桥。还看了什么，完全记不得了。

太久远了。

连是否来过都记不清。那就算了。下意识掏出手机，拍张照。这样，以后想不起来时也有据可查。

待了一会儿，就下山了。

路上碰见一对老夫妻。老得都走不动了。老头搀着老太太。足足有半分钟，才迈开一步。我几分钟跑过的距离，他们可能要大半个下午吧。

时光好像停伫在那里。

冬日的午后，我生起许多敬意和哀悯。

真实世界的向警予烈士之墓给我的印象，远远没有这一对老夫妻多。

我也由此知道，文学作品里的很多东西，在现实生活中是无法找到的。陈子昂的幽州台，杜甫的夔州，现实世界里没有它们的影子。

早已忘记二年级《读物》上的故事，忘得只剩梗概，甚至是记错了的梗概。不用想就知道，那个故事不会太高明。可是，当时的情绪和期待，总没磨灭。到今天也是。

无从寻找，可它一直都在。

那对老人，也不知现在怎样了，是不是还活着。也许没那么重要吧。

过年碎碎念

昨天去乡下烧纸。吃过早饭，爸拎着筐，筐里装着要烧的纸，让我搬酒。酒是给乡下大伯的，大伯几个月前检查出了肺癌。

到了乡下，在大伯家"打纸"。把人民币在要烧的黄纸上拍几下，表示是钱，好在阴间花。小叔从兜里掏出一百的，五十的，十块的。就差二十的，问谁有，怕阴间找不开。

打好，去坟地，我爸问需不需要"刀首"。刀首，就是祭祀的肉，应该是"刀头肉"念快了吧。大伯说，这是请老的回家过年，都请回家了，还要刀首干什么？

奶奶是 1998 年去世的，二十多年了。那年我小学毕业，暑假，武汉大洪水，抗洪救灾，我们这儿下得也大。奶奶下葬那天，送葬队伍往西走了好远，望不到头似的。成年后，上大学、读研、工作，到爷爷去世，每年烧纸走这条路，感觉总比前一年短。当年蹚着水怎么都走不完的路，现在一抬脚就到了。

祖父母坟前烧完，又到曾祖、叔祖坟前烧。最后烧的一座，去年还烧过，今年就有点想不起来是谁了。看着残朽的水泥上瓦刀画过的字迹，写着"祖父大人"，署名被荒草遮得只剩个"王"，我立即明白，是高祖的墓。署名肯定是祖父。他那代人里，能想到给祖坟糊一层水泥的，除了他没别人。如今他也长眠地下了。

烧完，从庄稼地出来，两脚全是泥。在路埂上刮掉，鞋浸湿了，袜子也透了。爸说要回城。当然，只是象征性地说说。大伯留吃饭，说二堂哥的闺女今天相亲，男方来，我爸我叔正好陪客。

还没到二堂哥家，就听说相亲的走了——侄女没看上，嫌人家长得不好，个子矮。到了，见侄女、两个侄子、两个堂弟都在门口玩。例行要寒暄，我想问大侄子回来几天了，话到嘴边想起他是武汉回来的，就憋住没问。

前几天，大侄子的父亲，也就是我大堂哥，在我家吃饭，问我是开车从北京回来的，还是坐大巴？我说，坐高铁呀。随即明白，他是想知道我有没有买车。

二堂哥不久前买了车。用大娘的话说，"他要早知道他大得这病，咋弄都不买"。二堂哥买车的理由也简单质朴：

"人家都买了"。

过了十二点半，终于有做好的菜了。堂屋拉开桌子，小叔嫌灯泡不够亮，二堂哥翻出一只白炽灯，椅子摞凳子，爬上换了，"这个亮些，十五瓦的"。菜陆续上了，年轻人还在各处玩手机，年长的也不知在干吗，没人上桌。我也不便过去，只好等着。

十岁的小堂弟忍不住，拿了只串，一屁股坐到了上席。被我爸撵到别的位置，"不懂规矩！"停了会儿又说，"该批评的不是你，是你爸！"

总算入座了。我爸打开他带来的酒，抿了一口，又喊小叔尝，问是不是有点苦头儿，又喊两个堂哥尝，有人说有苦头儿，有人说没有。最后，不知用什么办法，我爸论证了这酒"确实有点苦头儿"，又合上，开了另一种。前几天，在我家喝酒，小婶说小叔不能喝了，这些天喝酒太多，早上吐了一口血，我爸说，怎么能不喝呢，少喝点儿。

二堂哥说不喝，理由是上午相亲没相中，下午要把男方的礼物退回。外乡的，得开车去。我爸说，哪天退不行，非得今天？我专门瞅了礼物，一箱牛奶，一箱红牛。

人多桌子小，坐不下。呼来喊去，说过来吃饭，还是有人不来。好不容易坐齐，以为要开席了，大伯突然喊："烟呢？烟呢？咋都不知道拿烟？"他自己不抽了，但招待别

237

人，还是需要烟。动筷子的时候，菜都冰凉了。

席间，两个堂哥商量大伯治病的事，说等大伯的钱花完，他们兄弟俩按月轮流买药。大伯的肺癌，是几个月前发现的，先在县东关医院看，人家说你这病可能有点严重，得到外面检查。大堂哥就给爸打电话，第二天一早，爸开车带他们去武汉，找我那位从医院退休的舅姥爷。检查出来，是肺癌，早期。他们一家经过商量，决定不在武汉治，因为离家远，照顾起来不方便。又决定保守治疗，不手术了，先吃着药。

回到家后，爸对我和妈说，老大得了这病，脾气比原来好多了，说话也客气了。

回家的路上

　　梦里做了大半夜数学题，又累又兴奋，看天微明，打开台灯，六点半。起床戴上眼镜，镜托被鼻梁硌了下，掉了。我想，不会又得去潘家园吧。

　　眼镜是六年前在潘家园配的。和前同事一起。他不知从哪里找了个潘家园老太太的电话，七转八拐钻进小胡同，验光、配镜，便宜极了。之前在眼镜店验光，老板说，眼镜是暴利行业。我问，这样一千多的镜片，进价多少？他笑笑：不能告诉你，行业秘密。

　　但我对潘家园说不上印象好。有次从那儿出来，碰见个卖石头的，石头挺好看，我拿来看了看，再给他，他坚决不要了，让我买。问价钱，两千。我说太贵了，他说，你觉得多少合适？我想了想，还是说太贵了。那时候两千是我一个月工资。但他死活不接，只问我想出多少。我怯怯地说：

二十行吗？他立刻把石头夺走了。

这次不想去潘家园，搜附近的眼镜店，倒不少。但都是九点才开门。我晚些吃早饭，吃完，要过天桥。天桥有两座。西边那座，常年有个老乞丐，我每次经过，都给他掏几块零钱。今天出门没带现金，我也不习惯给乞讨者扫码——唯一的例外是在法源寺，被一个妇女死命追着乞讨，确认我没零钱后，从怀里掏出个二维码。这次想了想，还是走东边天桥吧。

过了天桥，是传媒大学。转到西街，路过一家煎饼铺，门口贴着价目表：茶叶蛋2元，煎饼夹双蛋7元。我想到小学三年级，作文比赛拿了第一名，发了个大奖状，带回家，我爸看了问：想吃啥？我愣住了。以往成绩下来，我回家后都会说："成绩出来了，考得不太好。"我爸就说："好好反思反思去！"如果是"成绩出来了，考得还不错"，我爸就说："去玩一会儿吧。"如果是"成绩出来了，考得不理想"，就是"跪那儿吧"！头一次听到"想吃啥"，我有点懵，反应了一会儿，说：烤红薯。我爸就给了我两块钱，问够不够，我说够了，用不完，跑门口买了个大烤红薯回来，把找的一块五交给我爸。现在看茶叶蛋两块一个，觉得挺便宜。

煎饼铺旁边是田老师红烧肉。我在八宝山上班的时候，人称"小王"，隔壁办公室踩着九公分高跟的女人经常对我们头儿说"借你们小王用一下",走廊碰见我时挤出一秒妩媚的笑,还没等走过就恢复冷若冰霜了。我在"小王"时代经常吃田老师,自从越来越多的人喊我"王老师",我就很少再吃田老师了。小王时代,有个同事叫小邹,我对小邹说,田老师是我吃过最难吃的一家。小邹摆摆手:田老师算什么,你没吃过李先生吧!和他很多年不联系了,现在也许人家该叫他"邹先生"了吧。

最近,中午一般点外卖。《水浒传》里,鲁提辖打死了镇关西,要逃走,逃走前说了一句话:洒家要吃官司,又没人送饭。好像要是有人送饭他就不会逃走似的。点外卖,想吃啥点啥,有人送到家,还热乎的,比鲁提辖待遇都高,还想啥呢!

到了眼镜店,刚开张,老板在拖地。我把眼镜递过去,他就转到里间了。须臾修好,问多少钱,他说,嗨——给两块吧。又说,要不是刚开张,就不收你钱了。我扫了码,谢过老板。他说,下次晚点来。我想,下次镜托再掉的时候,也不知道你的店还开不开,也不知道我还在不在这儿。

回去路上,绕到了南边,可以晒晒太阳,还可以买几个苹果。苹果是蔬菜直通车的,每周二、四、日来。车身写着"北京新发地",六月以后,五个字就被抹掉了。我在三种苹果里挑,比较哪种更脆。现在才觉得脆的好吃,小时候居然一直爱吃面的，真是够傻。苹果买回来先供佛，供到想吃，就洗洗吃了。

前两天下过雪，空气暂时很好。因为暂时，才更难得。要不是冷，还想在外面多徘徊一会儿。小学一年级时，布置作文，题目是《回家的路上》，我写不出来。问爷爷，《回家的路上》怎么写，他说，回嘛，两个口，家，一个宝盖头……我说不是的，是要写作文。爷爷扭头去卖他的东西了。他那时候开小卖部，卖烟酒零食。我思索半天，还是一个字也写不出来。又问爷爷，他提起笔，一笔一画写下"回家的路上"五个字。最后怎么交的我忘了，大概是，回家的路上有条河，河里有一群鹅，我想到了"鹅鹅鹅，曲项向天歌"……到了五年级，被老师罚，罚写一篇千字作文，当时一般作文是四百字，我头一天晚上没写完，第二天五点爬起来写。我爸听到是千字作文，问，是让大家都写还是就让你一个人写？我说就让我一个人写，我爸很高兴，以为我又受到老师表彰了。

现在，《回家的路上》已经是二十六年前了，爷爷也过世三年多了。我随便写几句废话，也能拉拉杂杂到两千字了。

附录一：文章时序表

【篇目次序】

【尘世】

孙悟空、武松，和村上春树 2014-08

单车修理是温柔的学问 2014-10

大雪、暴走，和世间 2014-12

我给小姐扇扇子 2016-11

手机与伤逝 2018-04

入尘世中 2018-05

麻烦老师挂上我的文章，谢谢 2018-09

夏至随想 2020-06

我的找工作经历 2020-10

我在体制内混的三年 2020-10

淘宝与玄奘 2020-11

【有情】

江湖相忘喵星人 2015-07

我养的绿萝要死了 2016-03

愿以无罪身，长对流放月 2016-12

猫命狗命 2017-08

普陀的鱼 2018-09

花猫罹难记 2019-11

冬至碎碎念 2019-12

猫菩萨 2020-11

【行客】

食堂是世上唯一没有悲伤的地方 2013-08

很多温柔是陌生人给的 2013-08

旧年夜的卖唱人 2015-01

落子无悔 2017-04

寒夜打车 2018-12

避雨碎碎念 2019-05

端午碎碎念 2019-06

七夕碎碎念 2019-08

【光阴】

【春晖】

【时间次序】

【2013】

【2014】

附录二：
诗词对联选

【诗词】

花辞 2009-09

花辞芳树人无忆，月上疏棂梦不喧。

思共冥鸿飞永夜，心如萤火照荒原。

天河一苇迷津渡，暮雨三春化泪痕。

愁黛澄波双不语，几声清角浸黄昏。

淡黄柳 2009-09

檀痕照眼，任是东风拭。拭到心伤春寂寂。又苦深宵冷

雨，敲断残红夜如织。

是何夕。迢遥水山隔。负相许、莫相忆。怕泠泠暗减倾

城色。我愧精禽，剧怜沧海，溶尽无边月白。

平安夜 2016-12-24

瑟兰特奈寂于诗，霜魄流街侵袜时。

遥夜颂歌风黯黯，旧年心事雨漓漓。

壁间炉火几心沸，天外鹿车曾梦期。

一觉酣甜人不见，千家笑语彼之贻。

春日奈良女 2016-01-22

杏子单衫倚槛时，泱泱雨剪碧萋萋。

兰舟深涧春初棹，神社瞿鹃夜一嘶。

情思易教淹绿野，芳心难托比红儿。

前生盟约曾栽柳，此日飘樱又拂堤。

京都二条城 2016-01-22

骚屑朔风号白沙，剖肠余烈至今夸。

涉成园里揖云鹤，朱雀庵前燃雪茄。

幕府遗歌存殿阙，骏河兵气动龙蛇。

剧怜款款瀛洲女，一一寒天著薄纱。

花时三首 2016-05-21

（一）

无量劫来春种思，风吹地动化清姿。

刹那四大随缘散，明月依前照玉墀。

（二）

红时寂寞古城楼，闲坐宫娥说白头。

此夕化身河上柳，犹藏天宝旧风流。

（三）

看到殷殷委地红，宛如大火遍虚空。

人间谁解维摩病，花雨一天西复东。

四月晦日校《宋儒曰》初竟 2016–06

其一

天际鸢心息望峰，夕山佳气正葱葱。

久悭世运一阳复，重整遗编大鼓逢。

养气端宜长日坐，去矜须积累年功。

闲看古柏翠明意，遥想新安朱晦翁。

其二

存吾顺事没吾宁，天命元知贞利亨。

韶意能忘三月味，猎心未许一时萌。

西风古道思攻玉，夜雨寒泉念濯缨。

君子乾乾无所息，不关桑海变虚盈。

梵天 2020-09-07

梵天交珞净华披，无限情销欲海痴。

去日苦涂朝露白，冲星劫火暮鸦祠。

芜兮林苑谁初惜？改矣江山春是瞿。

若溯如来一毛智，绝怜菩萨住深悲。

【对联】

行焉生焉（蛇年春联 2013）

四时当其春也；

百物养我浩然。

巳日乃孚（蛇年春联 2013）

见群龙无首；

利牝马之贞。

南京玄武湖 2015-12-06

残照烟光，春秋霸业；

黯然王气，西北高楼。

嵩阳书院 2016-02-10

参天之木生大岳；

长夜斯明出尼山。

灵隐寺 2016-04-08

寂寂龙宫，江潮曾几化雨；

萋萋马足，尘劫暂时生春。

狗年春联一 2018-02-16

夜扣柴门，风雪有意；

春侵深巷，户庭无尘。

狗年春联二 2018-02-16

犬马有养，未许樊哙称仗义；

天地不仁，还教孔子若丧家。

客堂 2020-09-30

三涂忧悲身，偶作阎浮客；

一入欢喜地，长登如来堂。

钟楼 2020-09-30

露地击搏稚，度流生死海；

白牛垂华缨，弃绝鹿羊车。

地藏殿 2020-09-30

于去佛世界起不动愿；

向无边地狱振大悲幢。